Weihnachten bei Theodor Fontane

Weihnachts- und Wintergeschichten

Illustriert mit zeitgenössischen Holzschnitten

Herausgegeben von Alix Paulsen

Husum

Umschlagbild:
„Weihnachtsmarkt in Berlin“, 1892, von Franz Skarbina

Bildnachweis:
Alle abgebildeten Holzschnitte stammen aus dem Verlagsarchiv

Bibliografische Information der Deutschen Nationalbibliothek

Die Deutsche Nationalbibliothek verzeichnet diese Publikation in der Deutschen Nationalbibliografie; detaillierte bibliografische Daten sind im Internet über http://dnb.dnb.de abrufbar.

Gesamtherstellung: Husum Druck- und Verlagsgesellschaft
Postfach 1480, D-25804 Husum – www.verlagsgruppe.de
ISBN 978-3-89876-974-7

Der erste Schnee

Herbstsonnenschein. Des Winters Näh
Verrät ein Flockenpaar;
Es gleicht das erste Flöckchen Schnee
Dem ersten weißen Haar.

Noch wird – wie wohl von lieber Hand
Der erste Schnee dem Haupt –
So auch der erste Schnee dem Land
Vom Sonnenstrahl geraubt.

Doch habet acht! mit einem Mal
Ist Haupt und Erde weiß,
Und Liebeshand und Sonnenstrahl
Sich nicht zu helfen weiß.

Mit dem Gänseschlachten fing es an

Kinderjahre in Swinemünde

Wie wir in unserem Hause lebten? Im Ganzen genommen gut, weit über unsern Stand und unsere Verhältnisse hinaus. Allerdings schoben sich, speziell auf das Küchendepartement hin angesehen, auch sonderbare Zeitläufte mit ein, so, beispielsweise, wenn wir, in Sommertagen, wegen überreichen Milchertrages wochenlang im Zeichen der Milchsuppe standen. Alles streikte dann, Appetitlosigkeit vorschützend.

Aber das waren doch nur kurze Ausnahmezustände, für gewöhnlich wurden wir gut und zugleich sehr verständig verpflegt, was wir, mehr noch als meiner Mutter, unserer Wirtschaftsmamsell, einer Mamsell Schröder, zuzuschreiben hatten. Von dieser muss ich, ehe ich weitergehe, berichten. Als wir in Swinemünde eintrafen, war meine Mutter, wie schon in einem früheren Kapitel erzählt, einer Nervenkur halber in Berlin zurückgeblieben, und die Frage trat gleich nach unserer Ankunft an meinen Vater heran, wer inzwischen die Wirtschaft führen solle. Lokalzeitungen gab es nicht, also musste mündlich herumgefragt werden, und schon wenige Tage später traf ein von einem Boten überbrachter Brief aus der Pudaglaschen Oberförsterei bei uns ein, worin der Oberförster Schröder anfragte, ob sich seine Schwester uns vorstellen dürfe, sie habe die Wirtschaft in seinem Hause gelernt. Mein Vater antwortete sofort zustimmend und war zwei Tage lang glücklich in der Vorstellung, eine Oberförsterschwester, noch dazu aus Pudagla, als Wirtschafterin in sein Haus nehmen zu können. Das gab Relief; er fühlte sich wie geehrt. Und am dritten Tage fuhr die Schröder denn auch bei uns vor und wurde seitens meines Vaters empfangen. Er versicherte später, Contenance bewahrt zu haben, doch bin ich dessen nicht ganz sicher, trotzdem ihm sein gutes Herz und seine Politesse den Sieg über sich erleichtert haben mögen. Die gute Schröder war nämlich ein Pendant zu der ungefähr um dieselbe Zeit in Berlin auftauchenden „Prinzessin mit dem Totenkopf". Was bei dieser letzteren (die dann durch Dieffenbach, in einer berühmt gewordenen Kur, mittelst „plastischer Chirurgie" wieder hergestellt wurde) das Unheil verschuldet hatte, weiß ich nicht, bei der Schröder aber waren es die Blattern. Indessen was heißt Blattern! Jeder hat einmal von den Blattern heimgesuchte Personen gesehen und dabei den Ausdruck, „der Teufel habe Erbsen auf ihrem Gesicht gedroschen", mehr oder weniger bezeichnend gefunden. Jedenfalls ist der Ausdruck sprichwörtlich geworden. Hier aber wäre diese sprichwörtliche Wendung eitel Beschönigung gewesen, denn bei der guten Schröder gab es nicht erbsengroße Ruten, sondern halbhandbreite Narbenflächen. Ein Anblick, wie ich ihn nie wieder gehabt habe. Trotzdem, wie schon im Vorstehenden gesagt, kam es zu einem Engagement, und niemals ist ein glücklicheres abgeschlossen worden. Die Schröder war ein Schatz, und als sechs Wochen später meine Mutter eintraf, sagte sie: „Das hast du gut gemacht, Louis; so entstellt sie ist, ihre Augen sind ihr geblieben und sagen einem, dass sie treu und zuverlässig ist. Und vor Liebschaften ist sie sicher und wir mit ihr. An der werden wir nur Freude haben." Und so kam es auch. Solange wir in Swinemünde blieben, solange blieb auch die Schröder in unserem Hause, von Alt und Jung geliebt und verehrt, nicht zum wenigsten von meinem Vater, der ihr besonders ihren Gerechtigkeitssinn und ihren Freimut hoch anrechnete, trotzdem er unter beiden Eigenschaften gelegentlich ernstlich zu leiden hatte. Sie war nämlich in einer beständigen Kriegführung gegen ihn, einmal aus Liebe zu meiner Mutter (deren beredten Anwalt sie machte, trotzdem diese nach dem Satz: „Die beste Deckung ist der Hieb" sich sehr gut selber zu verteidigen wusste), dann aber auch als Verwalterin der ihr mit vollster Machtvollkommenheit anvertrauten Speisekammer, gegen die mein Vater beständig Raubzüge unternahm, nicht bloß für seine Person – das wäre noch gegangen, wiewohl er im Stande war, einen halben Kalbsbraten ohne weiteres wegzufrühstücken –, sondern Raubzüge auch zu Gunsten seiner Lieblinge: Hühner, Hunde, Katzen, von welch letzteren wir zwei hatten, Peter und Petrine. Peter, auch Peter der Große genannt, ein Kerl wie ein junger Jaguar, war sein besonderer Liebling, und wenn ihm das schöne Tier schnurrend in die Speisekammer gefolgt war (und er folgte immer), so nahmen die Leckerbissen für ihn kein Ende. Das Beste war gerade gut genug. Über diese gottlose Wirtschaft raste dann die treue Seele, die Schröder, die manchmal die ganze Mittagsbrotdisposition infrage gestellt sah. – Ja, sie war ein Schatz im Hause, noch mehr aber ein Segen für uns Kinder, ganz besonders für mich. Unsere Erziehung seitens der Eltern ging sprungweise vor, war da und dann wieder nicht da, von Kontinuität keine Rede. Für diese Kontinuität sorgte aber die Schröder. Sie hatte keine Lieblinge, ließ sich kein x für ein u machen und verstand es, jeden an der rechten Stelle zu fassen. Was mich anging, so wusste sie, dass ich gut geartet, aber empfindlich, eitel und von einer gewissen Großmannssucht beherrscht war. Das alles wollte sie niederhalten, und so hörte ich denn zahllose Male: „Ja, du denkst wunder wer du bist, aber du bist ein kindischer Junge, geradeso wie die anderen und mitunter noch ein bisschen schlimmer. Willst immer den jungen Herrn spielen, aber junge Herren lecken keinen Honig vom Teller und streiten es wenigstens nicht ab, wenn sie's getan haben, und lügen überhaupt nicht. Neulich hast du was von Ehre geschnackt, nun, ich sage dir, Ehre sieht anders aus." Sie hielt auf Wahrheit, behandelte Großsprechereien mit feinem Spott und war sparsam in ihrem Lob. Aber wenn sie lobte, das wirkte. Sie hat mir viele gute Dienste geleistet, und erst spät im Leben, als ich schon über 50 war, bin ich noch einmal einer alten Dame begegnet, die gleich erziehlich auf mich eingewirkt hat. Denn man hört nie auf, erziehungsbedürftig zu sein; ich gehe noch jetzt in die Schule und lerne von Leuten, die meine Enkel sein könnten.

So viel über die gute Schröder, und nachdem ich ihrer in diesem Exkurse gedacht habe, frage ich noch einmal: „Ja, wie lebten wir?" Ich gedenke, es in einer Reihe von Bildern zu zeigen, und um Ordnung und Überblick in die Sache zu bringen, wird es gut sein, das Leben, wie wir es führten, in zwei Hälften zu teilen, in ein Sommer- und in ein Winterleben. [...]

Waren dann die letzten Badegäste fort, so ließen die Äquinoktialstürme nicht lange mehr auf sich warten und setzten sich, wenn es ein schlimmes Jahr war, bis in den November hinein fort. Erst fielen die Kastanien, dann prasselten die Ziegel vom Dach, und aus den Dachrinnen, die immer so angebracht waren, dass sie gerade dicht neben den Schlafstubenfenstern mündeten, stürzte der Regen platschend in den Garten. Dann wieder jagten zerrissene Wolken am aufklarenden Himmel hin, die Luft wurde kalt, alles fror, und den ganzen Tag über stand ein alter Holzhauer in der Remise, bei dem sich nun mein Vater einfand und, die Axt in die Hand nehmend, eine halbe Stunde lang statt seiner das Holz spaltete.

Das gesellschaftliche Leben ruhte während dieser Spätherbsttage, man erholte sich von den Strapazen der Sommersaison und stärkte sich für die Wintergesellschaften. Aber ehe diese kamen, war noch ein mehrwöchentliches Interregnum durchzumachen, die Schlacht- und Backzeit, die letztere schon mit der Weihnachtszeit zusammenfallend.

Mit dem Gänseschlachten fing es an. Eine reguläre Wirtschaftsführung ohne Gänseschlachten konnte nicht wohl gedacht werden. Es handelte sich dabei um mancherlei, zunächst wohl um die Federn zur Herstellung immer neuer Fremdenbetten, vor allem aber auch um die geräucherten Gänsebrüste, die fast so wichtig waren wie die Schinken und Speckseiten im Rauchfang. Waren, kurz vor Martini, die Gänse zu diesem Zweck in genügender Zahl herangetrieben und auf dem Hofe, wo nun ein entsetzliches Schnattern uns eine Woche lang um unsere Nachtruhe brachte, zu letzter Auffütterung eingepfercht, so wurde auch schon der Tag zu Beginn der Festlichkeit festgesetzt. Meist Mitte November. Auf dem Hofe, hart an die Giebelwand des Hauses sich lehnend, befand sich, wie schon erzählt (und zwar sonderbarerweise mit einem Taubenschlag darüber), die Gesindestube, darin, außer der Köchin, noch zwei Hausmädchen schliefen. Immer vorausgesetzt, dass sie schliefen. Der Kutscher – an Stelle des alten Ehm war längst eine jugendlichere Kraft getreten – sah sich, der Hausordnung nach, zunächst freilich auf die Häckselkammer neben dem Pferdestall angewiesen, er verzichtete jedoch gern auf die Selbstständigkeit dieses ihm zuständigen Aufenthalts und zog es vor, den ohnehin engen Raum der Gesindestube durch seine Gegenwart noch enger zu machen. Alles nach dem Satze: „Raum ist in der kleinsten Hütte etc.“ War nun aber die Gänseschlachtzeit herangekommen, so bedeutete das eine weitere, sehr erheblich gesteigerte Raumbeschränkung, denn am selbigen Abend, an dem das Massakrieren beginnen sollte, stellte sich zu dem, was für gewöhnlich die Gesindestube beherbergte, auch noch ein Aufgebot alter Weiber ein, vier oder fünf, die sonst als Wasch- oder auch wohl als Jätefrauen ihr Dasein fristeten. Und nun begann das Opferfest. Immer spät abends. Durch die weit offen stehende Tür, geöffnet, weil es sonst vor Stickluft nicht auszuhalten gewesen wäre, schienen die Sterne in den verqualmten und durch ein Talglicht kümmerlich erleuchteten Raum hinein. An dem Talglicht immer ein Dieb. Nächst der Tür aber, in einem Halbkreise, standen die fünf Schlachtpriesterinnen, jede mit einer Gans zwischen den Knien, und sangen, während sie mit einem spitzen Küchenmesser die Schädeldecke des armen Tieres durchbohrten (eine Prozedur, deren Notwendigkeit mir nie klar geworden ist), allerlei Volkslieder, deren Text in einem merkwürdigen Gegensatz sowohl zu dem mörderischen Akt wie zu der Trauermelodie stand. So wenigstens musste man annehmen, denn die Mädchen, die, den Gast aus der Häckselkammer zwischen sich, auf der Bettkante saßen, begleiteten die Volkslieder mit unendlichem Vergnügen, ja, die besonders traurigen Stellen sogar mit Juchzern. Meine beiden Eltern waren sittenstreng, und es war oft die Rede davon, ob diesem frechen Treiben nicht Einhalt zu tun sei; schließlich aber hatte man den Kampf

dagegen aufgegeben, und mein Vater, dem es schwante, dass dergleichen schon im Altertume vorgekommen sei, sagte nachdem er nachgeschlagen: „Es ist eine Wiederholung alter Zustände, römische Saturnalien oder, was dasselbe sagen will, momentane Herrschaft der Dienenden über die sogenannte Herrschaft." Und als er so den Hergang historisch rubriziert hatte, gab er sich zufrieden, umso mehr, als die Mädchen am anderen Morgen ihn jedes Mal durch einen ganz besonders sittigen Augenniederschlag erheiterten. Er stellte dann fantastisch ausschweifende Betrachtungen an, als ob „Gil Blas" seine Lieblingslektüre gewesen wäre. Das war aber nicht der Fall, er las vielmehr nur Walter Scott, was ich ihm heute noch danke, denn einige Bröckelchen fielen schon damals für mich ab. „Quentin Durward" zog er allem vor, vielleicht weil es ein französischer Stoff war. Ich habe hier übrigens noch hinzuzufügen, dass die Schrecknisse dieser Gänseschlachtperiode mit der eigentlichen Schlachtnacht und den Trauermelodien keineswegs abgetan waren, sondern sich, durch mindestens eine halbe Woche hin, noch weiter fortsetzten. Diese Schlachtzeit war nämlich zugleich auch die Zeit, wo das aus Gänseblut zubereitete „Schwarzsauer“ tagtäglich auf unseren Tisch kam, ein Gericht, das nach pommerscher Anschauung alles andere aus dem Felde schlägt. Auch mein Vater hielt es für seine Pflicht, sich dieser landestümlichen Anschauung anzuschließen, und sagte, wenn die dampfende Riesenschüssel erschien: „Ah, das ist recht; davon esst nur; das ist die schwarze Suppe der Spartaner; alles Saft und Kraft.“ Er selber aber suchte sich, geradeso wie wir, das Backobst und die Mandelklöße heraus und überließ die Kraftbrühe der Gesindeschaft draußen und vor allem den Schlacht- und Klageweibern, die sich durch ihre Bohrversuche den gegründetsten Anspruch darauf erworben hatten.

Etwa 14 Tage später folgte dann das Schweineschlachten. Meine Stellung dazu war noch genau dieselbe wie zu der Zeit, wo ich, kaum 7-jährig, aus der Stadt hinaus auf Alt-Ruppin zu geflohen war, um sowohl dem Anblick wie der ganzen Skala ohr- und herzzerreißender Töne zu entgehen; aber ich war doch inzwischen aus den Kinderjahren in die Jungensjahre hineingewachsen, wo man wohl oder übel seine Ehre darin setzt, alles mannhaft mit durchzumachen, auch wenn sich die eigenste Natur dagegen auflehnt. Dass die Aussicht auf „Reiswurst mit Rosinen“ bei Durchführung dieser Tapferkeitskomödie mitgewirkt hätte, kann ich nicht sagen, denn sosehr ich sonst für gute Bissen war, so war ich doch in den der Weihnachtszeit voraufgehenden Wochen immer halb krank von dem unausgesetzt das Haus durchziehenden Fettwrasen. Jedenfalls konnte von gutem Appetit um eben diese Zeit (trotzdem sich’s da gerade verlohnt hätte) nie recht die Rede sein, besonders dann nicht, wenn, um Anfang Dezember, wie fast regelmäßig geschah, auch noch ein Hirsch von der Oberförsterei her eingeliefert war, der nun – aufgebrochen wie man ein Rind aufbricht – an die Giebelwand des Gesindehauses gehängt wurde. Tag um Tag trat dann die Köchin an das schreckliche Giebelornament heran und schälte erst das Ziemer und dann die Vorder- und Hinterschlegel heraus, sodass wir immer aufatmeten, wenn es mit dieser Wildherrlichkeit wieder vorbei war. Unter einem glücklicheren Stern stand die Backwoche, wo mit Pfeffer- und Zuckernüssen begonnen und mit Brezeln, Kranz- und Blechkuchen aufgehört wurde. Wir durften nicht nur mit in die Backstube hinein, darin es, überaus anheimelnd, nach bitteren Mandeln und geriebener Zitrone roch, sondern erhielten auch, als Weihnachtsvorschmack, eigens für uns Kinder gebackene kleine Wecken, alles reichlich zugemessen. „Ich weiß", sagte meine Mutter, „dass sie sich den Magen daran verderben, aber das ist besser, wie wenn sie knapp gehalten werden. Sie sollen all diese Zeit über eine Festfreude haben, und die bringt ihnen ein Festkuchen am besten bei." Es hat was für sich, und bei ganz robusten Kindern mag es das unbedingt Richtige sein. Aber so robust waren wir doch nicht, dass es für uns so ohne Weiteres gepasst hätte. Mir war denn auch, um Weihnachten herum, immer sehr weinerlich zumute.

Am Silvester war Ressourcenball, auf den man mich, als den Ältesten, mitnahm. Ich stellte mich dann in schwankender Gemütsverfassung in eine Saalecke und sah zu. Wenn dann die tanzenden Paare an mir vorüberschwirrten, war ich zunächst glücklich, dass ich als eine Art Gast da stehen und mit dem Auge teilnehmen durfte, und war doch auch wieder unglücklich, dass ich, statt mitzutanzen, eben nur das Zuschauen hatte. Die Nichtigkeit meines Ich legte sich mir schwer auf die Seele, doppelt schwer in dem gastrischen Zustand, in dem ich mich um diese Zeit regelmäßig befand, und erst, wenn um Mitternacht der in einen langen blauen Mantel gekleidete Nachtwächter in den Saal trat und nach voraufgegangenem Signal auf seinem Horn ein fröhliches Neujahr wünschte, fiel mit einem Male jede Sentimentalität wieder von mir. Das Komisch-Groteske der Szene riss mich dann heraus, und ich hatte wieder meinen Frieden.

Aus: „Meine Kinderjahre"

Nun vorwärts, Krist

Eine nächtliche Schlittenfahrt

Es war Weihnachten 1812, Heiliger Abend. Einzelne Schneeflocken fielen und legten sich auf die weiße Decke, die schon seit Tagen in den Straßen der Hauptstadt lag. Die Laternen, die an lang ausgespannten Ketten hingen, gaben nur spärliches Licht; in den Häusern aber wurde es von Minute zu Minute heller, und der „Heilige Christ", der hier und dort schon einzuziehen begann, warf seinen Glanz auch in das draußen liegende Dunkel.

So war es auch in der Klosterstraße. Die „Singuhr" der Parochialkirche setzte eben ein, um die ersten Takte ihres Liedes zu spielen, als ein Schlitten aus dem Gasthof „Zum grünen Baum" herausfuhr und gleich darauf schräg gegenüber vor einem zweistöckigen Hause hielt, dessen hohes Dach noch eine Mansardenwohnung trug. Der Kutscher des Schlittens, in einem abgetragenen, aber mit drei Kragen ausstaffierten Mantel, beugte sich vor und sah nach den obersten Fenstern hinauf; als er jedoch wahrnahm, dass alles ruhig blieb, stieg er von seinem Sitz, strängte die Pferde ab und schritt auf das Haus zu, um durch die halb offenstehende Tür in dem dunklen Flur desselben zu verschwinden. Wer ihm dahin gefolgt wäre, hätte notwendig das stufenweise Stapfen und Stoßen hören müssen, mit dem er sich, vorsichtig und ungeschickt, die drei Treppen hinauffühlte.

Der Schlitten, eine einfache Schleife, auf der ein mit einem sogenannten „Plan" überspannter Korbwagen befestigt war, stand all die Zeit über ruhig auf dem Fahrdamm, hart an der Öffnung einer hier aufgeschütteten Schneemauer. Der Korbwagen selbst, mutmaßlich um mehr Wärme und Bequemlichkeit zu geben, war nach hinten zu, bis an die Plandecke hinauf, mit Stroh gefüllt; vorn lag ein Häckselsack, gerade breit genug, um zwei Personen Platz zu gönnen. Alles so primitiv wie möglich. Auch die Pferde waren unscheinbar genug, kleine Ponys, die gerade jetzt in ihrem winterlich rauen Haar ungeputzt und dadurch ziemlich vernachlässigt aussahen. Aber wie immer auch, die russischen Sielen, dazu das Schellengeläut, das auf roteingefassten, breiten Ledergurten über den Rücken der Pferde hing, ließen keinen Zweifel darüber, dass das Fuhrwerk aus einem guten Hause sei.

So waren fünf Minuten vergangen oder mehr, als es auf dem Flur hell wurde. Eine Alte in einer weißen Nachthaube, das Licht mit der Hand schützend, streckte den Kopf neugierig in die Straße hinaus; dann kam der Kutscher mit Mantelsack und Pappkarton; hinter diesem, den Schluss bildend, ein hochaufgeschossener, junger Mann von leichter, vornehmer Haltung. Er trug eine Jagdmütze, kurzen Rock und war in seiner ganzen Oberhälfte unwinterlich gekleidet. Nur seine Füße steckten in hohen Filzstiefeln. „Frohe Feiertage, Frau Hulen", damit reichte er der Alten die Hand, stieg auf die Deichsel und nahm Platz neben dem Kutscher. „Nun vorwärts, Krist; Mitternacht sind wir in Hohen-Vietz. Das ist recht, dass Papa die Ponys geschickt hat."

Die Pferde zogen an und versuchten es, ihrer Natur nach, in einen leichten Trab zu fallen; aber erst als sie die Königsstraße mit ihrem Weihnachtsgedränge und Waldteufelgebrumm im Rücken hatten, ging es in immer rascherem Tempo die Landsberger Straße entlang und endlich unter immer munterer werdendem Schellengeläut zum Frankfurter Tore hinaus.

Draußen umfing sie Nacht und Stille; der Himmel klärte sich, und die ersten Sterne traten hervor. Ein leiser, aber scharfer Ostwind fuhr über das Schneefeld, und der Held unserer Geschichte, Lewin von Vitzewitz, der seinem väterlichen Gute Hohen-Vietz zufuhr, um die Weihnachtsfeiertage daselbst zu verbringen, wandte sich jetzt, mit einem Anflug von märkischem Dialekt, an den neben ihm sitzenden Gefährten. „Nun, Krist, wie wär' es? Wir müssen wohl einheizen." Dabei legte er Daumen und Zeigefinger ans Kinn und paffte mit den Lippen. Dies „wir" war nur eine Vertraulichkeitswendung; Lewin selbst rauchte nicht. Krist aber, der von dem Augenblick an, wo sie die Stadt im Rücken hatten, diese Aufforderung erwartet haben mochte, legte ohne Weiteres die Leinen in die Hand seines jungen Herrn und fuhr in die Manteltasche, erst um eine kurze Pfeife mit bleiernem Abguss, dann um ein neues Paket Tabak daraus hervorzuholen. Er nahm beides zwischen die Knie, öffnete das mit braunem Lack gesiegelte Paket, stopfte und begann dann mit derselben langsamen Sorglichkeit nach Stahl und Schwamm zu suchen. Endlich brannte es; er tat, indem er wieder die Leine nahm, die ersten Züge, und während jetzt kleine Funken aus dem Drahtdeckel hervorsprühten, ging es auf Friedrichsfelde zu, dessen Lichter ihnen über das weiße Feld her entgegenschienen.

Die Sterne traten immer zahlreicher hervor. Lewin lupfte die Kappe, um sich die Stirn von der frischen Winterluft anwehen zu lassen, und sah staunend und andächtig in den funkelnden Himmel hinauf. Es war ihm, als fielen alle dunklen Geschicke, das Erbteil seines Hauses, von ihm ab und als zöge es lichter und heller von oben her in seine Seele. Er atmete auf. Zwei, drei Schlitten flogen vorüber, grüßten und sangen, sichtlich Gäste, die im Nebendorf die Bescherung nicht versäumen wollten; dann, ehe fünf Minuten um waren, glitt das Gefährt unserer zwei Freunde unter den Giebelvorbau des Bohlsdorfer Kruges.

Bohlsdorf war drittel Weg. Niemand kam. An den Fenstern zeigte sich kein Licht; die Krügersleute mussten in den Hinterstuben sein und das Vorfahren des Schlittens, trotz seines Schellengeläutes, überhört haben. Krist nahm wenig Notiz davon. Er stieg ab, holte eine der Stehkrippen heran, die beschneit an dem Hofzaun entlang standen, und schüttete den Pferden ihren Hafer ein.

Auch Lewin war abgestiegen. Er stampfte ein paar Mal in den Schnee, wie um das Blut wieder in Umlauf zu bringen, und trat dann in die Gaststube, um sich zu wärmen und einen Imbiss zu nehmen. Drinnen war alles leer und dunkel; hinter dem Schenktisch aber, wo drei Stufen zu einem höher gelegenen Alkoven führten, blitzte der Christbaum von Lichtern und goldenen Ketten. In diesem Weihnachtsbilde, das der enge Türrahmen einfasste, stand die Krügersfrau in Mieder und rotem Friesrock und hatte einen Blondkopf auf dem Arm, der nach den Lichtern des Baumes langte. Der Krüger selbst stand neben ihr und sah auf das Glück, das ihm das Leben und dieser Tag beschert hatten.

Lewin war ergriffen von dem Bilde, das fast wie eine Erscheinung auf ihn wirkte. Leiser als er eingetreten war, zog er sich wieder zurück und trat auf die Dorfstraße. Gegenüber dem Kruge, von einer Feldsteinmauer eingefasst, lag die Bohlsdorfer Kirche, ein alter Zisterzienserbau aus den Tagen der ersten Kolonisation. Es klang deutlich von drüben her, als würde die Orgel gespielt, und Lewin, während er noch aufhorchte, bemerkte zugleich, dass eines der kleinen, in halber Wandhöhe hinlaufenden Rundbogenfenster matt erleuchtet war. Neugierig, ob er sich täuschte oder nicht, stieg er über die niedrige Steinmauer fort und schritt zwischen den Gräbern hin auf die Längswand der Kirche zu. Ziemlich inmitten dieser Wand bemerkte er eine Pforte, die nur eingeklinkt, aber nicht geschlossen war. Er öffnete leise und trat ein. Es war, wie er vermutet hatte. Ein alter Mann, mit Samtkäpsel und spärlichem weißen Haar, saß vor der Orgel, während ein Lichtstümpfchen neben ihm eine kümmerliche Beleuchtung gab. In sein Orgelspiel vertieft, bemerkte er nicht, dass jemand eingetreten war, und feierlich, aber gedämpften Tones klangen die Weihnachtsmelodien nach wie vor durch die Kirche hin.

Übte sich der Alte für den kommenden Tag, oder feierte er hier sein Christfest allein für sich mit Psalmen und Choral? Lewin hatte sich die Frage kaum gestellt, als er, der Orgel gegenüber, einen zweiten Lichtschimmer wahrnahm; auf der untersten Stufe des Altars stand eine kleine Hauslaterne. Als er näher trat, sah er, dass Frauenhände hier eben noch beschäftigt gewesen sein mussten. Ein Handfeger lag da, daneben eine kurze Stehleiter, die beiden Seitenhölzer oben mit Tüchern umwunden. Das Licht der Laterne fiel auf zwei Grabsteine, die vor dem Altar in die Fliesen eingelegt waren; der eine zur Linken enthielt nur Namen und Datum, der andere zur Rechten aber zeigte Bild und Spruch. Zwei Lindenbäume neigten ihre Wipfel einander zu, und darunter standen Verse, zehn oder zwölf Zeilen. Nur die Zeilen der zweiten Strophe waren noch deutlich erkennbar und lauteten:

Sie sieht nun tausend Lichter;
Der Engel Angesichter
Ihr treu zu Diensten stehn;
Sie schwingt die Siegesfahne
Auf güldnem Himmelsplane
Und kann auf Sternen gehn.

Lewin las zwei-, dreimal, bis er die Strophe auswendig wusste; die letzte Zeile namentlich hatte einen tiefen Eindruck auf ihn gemacht, von dem er sich keine Rechenschaft geben konnte. Dann sah er sich noch einmal in der seltsam erleuchteten Kirche um, deren Pfeiler und Chorstühle ihn schattenhaft umstanden, und kehrte, die Türe leise wieder anlehnend, erst auf den Kirchhof, dann, mit raschem Sprung über die Mauer, auf die Dorfstraße zurück.

Der Krug hatte indessen ein verändertes Ansehen gewonnen. In der Gaststube war Licht; Krist stand am Schänktisch im eifrigen Gespräch mit dem Krüger, während die Frau, aus der Küche kommend, ein Glas Kirschpunsch auf den Tisch stellte. Sie plauderten noch eine Weile auch über den alten Küster drüben, der, seitdem er Witmann geworden, seinen Heiligen Abend mit Orgelspiel zu feiern pflege; dann, unter Händeschütteln und Wünschen für ein frohes Fest, wurde Abschied genommen, und an den stillen Dorfhütten vorbei ging es weiter in die Nacht hinein.

Aus: Vor dem Sturm

Alles still!

(I. Fassung)

Alles still! dem Auge zeigen,
Schneebedeckt, sich Wald und Flur,
Und darüber thront das Schweigen,
Und der Sternenhimmel nur.

Alles still! vergeblich lauschet
Man der Dohle heisrem Schrei,
Keiner Fichte Wipfel rauschet,
Und kein Bächlein summt vorbei.

Alles still! die fernen Hütten
Sind wie Gräber anzusehn,
Die, von Schnee bedeckt, inmitten
Eines schlichten Friedhofs stehn.
Alles still! und ach, dem Schweigen
Schaut mein Herz wie neidisch zu;
Würde bald auch ihm zu Eigen
Solche tiefe, tiefe Ruh.

Bald darauf öffnete sich die Tür

Ein Weihnachtsfest in Hohen-Vietz

An Lewins Seele waren inzwischen unruhige Träume vorübergegangen. Die Fahrt im Ostwind hatte ihn fiebrig gemacht, und erst gegen Morgen verfiel er in einen festen Schlaf. Eine Stunde später begann es bereits im Hause lebendig zu werden; auf dem langen Korridor, an dessen Nordostecke Lewins Zimmer gelegen war, hallten Schritte auf und ab, schwere Holzkörbe wurden vor die Feuerstellen gesetzt und große Scheite von außen her in den Ofen geschoben. Bald darauf öffnete sich die Tür, und der alte Diener, der am Abend zuvor seinen jungen Herrn empfangen hatte, trat ein, einen Blaker in der Hand. Hektor blieb liegen, reckte sich auf dem Rehfell und wedelte nur, als ob er rapportieren wolle: Alles in Ordnung. Jeetze setzte das Licht, dessen Flamme er bis dahin mit seiner Rechten sorglich gehütet hatte, hinter einen Schirm und begann alles, was an Garderobestücken umherlag, über seinen linken Arm zu packen. Er selbst war noch im Morgenkostüm; zu den Samthosen und Gamaschen, ohne die er nicht wohl zu denken war, trug er einen Arbeitsrock von doppeltem Zwillich. Als er alles beisammen hatte, trat er, leise wie er gekommen war, seinen Rückzug an, dabei nach Art alter Leute unverständliche Worte vor sich hermurmelnd. An dem zustimmenden Nicken seines Kopfes aber ließ sich erkennen, dass er zufrieden und guter Laune war.

Die Türe blieb halb offen, und das erwachende Leben des Hauses drang in immer mahnenderen, aber auch in immer anheimelnderen Klängen in das wieder still gewordene Zimmer. Die großen Scheite Fichtenholz sprangen mit lautem Krach auseinander, von Zeit zu Zeit zischte das Wasser, das aus den nass gewordenen Stücken in kleinen Rinnen ins Feuer lief, und von der Korridornische her hörte man den sichern und regelrechten Strich, mit dem Jeetzes Bürste der Hacheln und Härchen, die nicht loslassen wollten, Herr zu werden suchte.

Alles das war hörbar genug, nur Lewin hörte es nicht. Endlich beschloss Hektor, der Ungeduld Jeetzes und seiner eigenen ein Ende zu machen, richtete sich auf, legte beide Vorderpfoten aufs Deckbett und fuhr mit seiner Zunge über die Stirn des Schlafenden hin, ohne weitere Sorge, ob seine Liebkosungen willkommen seien oder nicht. Lewin wachte auf; die erste Verwirrung wich einem heiteren Lachen. „Kusch dich, Hektor", damit sprang er aus dem Bett. Der Morgenschlaf hatte ihn frisch gemacht; in wenig Minuten war er angekleidet, ein Vorteil halb soldatischer Erziehung. Er durchschritt ein paar Mal das Zimmer, betrachtete lächelnd einen mit vier Nadeln an die Tischdecke festgesteckten Bogen Papier, auf dem in großen Buchstaben stand: „Willkommen in Hohen-Vietz", ließ seine Augen über ein paar Silhouettenbilder gleiten, die er von Jugend auf kannte und doch immer wieder mit derselben Freudigkeit begrüßte, und trat dann an eines der zugefrorenen Eckfenster. Sein Hauch taute die Eisblumen fort, ein Fleckchen, nicht größer wie eine Glaslinse, wurde frei, und sein erster Blick fiel jetzt auf die eben aufgehende Weihnachtssonne, deren roter Ball hinter dem Turmknopf der Hohen-Vietzer Kirche stand. Zwischen ihm und dieser Kirche erhoben sich die Bäume des hügelansteigenden Parkes, fantastisch bereift, auf einzelnen ein paar Raben, die in die Sonne sahen und mit Gekreisch den Tag begrüßten.

Lewin freute sich noch des Bildes, als es an die Türe klopfte.

„Nur herein!"

Eine schlanke Mädchengestalt trat ein, und mit herzlichem Kuss schlossen sich die Geschwister in die Arme. Dass es Geschwister waren, zeigte der erste Blick: gleiche Figur und Haltung, dieselben ovalen Köpfe, vor allem dieselben Augen, aus denen Fantasie, Klugheit und Treue sprachen.

„Wie freue ich mich, dich wieder hier zu haben. Du bleibst doch über das Fest? Und wie gut du aussiehst, Lewin! Sie sagen, wir ähnelten uns; es wird mich noch eitel machen."

Die Schwester, die bis dahin wie musternd vor dem Bruder gestanden hatte, legte jetzt ihren Arm in den seinen und fuhr dann, während beide auf der breiten Strohmatte des Zimmers auf- und abpromenierten, in ihrem Geplauder fort.

„Du glaubst nicht, Lewin, wie öde Tage wir jetzt haben. Seit einer Woche flog uns nichts wie Schneeflocken ins Haus."

„Aber du hast doch den Papa ..."

„Ja und nein. Ich hab' ihn und hab' ihn nicht; jedenfalls ist er nicht mehr, wie er war. Seine kleinen Aufmerksamkeiten bleiben aus; er hat kein Ohr mehr für mich, und wenn er es hat, so zwingt er sich und lächelt. Und an dem allen sind die Zeitungen Schuld, die ich freilich auch nicht missen möchte. Kaum dass Hoppenmarieken in den Flur tritt und das Postpaket aus ihrem Kattuntuch wickelt, so ist es mit seiner Ruhe hin. Er geht an mir vorbei, ohne mich zu sehen. Briefe werden geschrieben; die Pferde kommen kaum noch aus dem Geschirr; zu Wagen und zu Schlitten geht es hierhin und dorthin. Oft sind wir tagelang allein. Ein Glück, dass ich Tante Schorlemmer habe, ich ängstigte mich sonst zu Tode."

„Tante Schorlemmer! So findet alles seine Zeit."

„Oh, sie braucht nicht erst ihre Zeit zu finden, sie hat immer ihre Zeit, das weiß niemand besser als du und ich. Aber freilich, eines ist meiner guten Schorlemmer nicht gegeben, einen öden Tag minder öde zu machen. Möchtest du, eingeschneit, einen Winter lang mit ihr und ihren Sprüchen am Spinnrad sitzen?"

„Nicht um die Welt. Aber wo bleibt der Pastor? Und wo bleibt Marie? Ist denn alles zerstoben und verflogen?"

„Nein, nein, sie sind da, und sie kommen auch und sind die alten noch; lieb und gut wie immer. Aber unsere Hohen-Vietzer Tage sind so lang und am längsten, wenn im Kalender die kürzesten stehen. Marie kommt übrigens heute Abend; sie hat eben anfragen lassen."

„Und wie geht es unserm Liebling?"

„In den drei Monaten, dass du nicht hier warst, ist sie voll herangewachsen. Sie ist wie ein Märchen. Wenn mor-

gen eine goldene Kutsche bei Kniehases vorgefahren käme, um sie aus dem Schulzenhause mit zwei schleppentragenden Pagen abzuholen, ich würde mich nicht wundern. Und doch ängstigt sie mich. Aber je mehr ich mich um sie sorge, desto mehr liebe ich sie."

So weit waren die Geschwister in ihren Plaudereien gekommen, als Jeetze – nunmehr in voller Livree – in der Türe erschien, um seinen jungen Herrschaften anzukündigen, dass es Zeit sei.

„Wo ist Papa?"

„Er baut auf. Krist und ich haben zutragen müssen."

„Und Tante Schorlemmer?"

„Ist im Flur. Die Singekinder sind eben gekommen."

Lewin und Renate nickten einander zu und traten dann heiteren Gesichts und leichten Ganges, ein jeder stolz auf den andern, in den Korridor hinaus. In demselben Augenblick, wo sie an dem Treppenkopf angelangt waren, klang es weihnachtlich von hellen Kinderstimmen zu ihnen herauf. Und doch war es kein eigentliches Weihnachtslied. Es war das alte „Nun danket alle Gott“, das den märkischen Kehlen am geläufigsten ist und am freiesten aus ihrer Seele kommt. „Wie schön“, sagte Lewin und horchte, bis die erste Strophe zu Ende war.

Als die Geschwister im Niedersteigen den untersten Treppenabsatz erreicht hatten, hielten sie abermals und überblickten nun das Bild zu ihren Füßen. Die gewölbte Flurhalle, groß und geräumig, trotz der Eichenschränke, die umherstanden, war mit Menschen, jungen und alten, gefüllt; einige Mütterchen hockten auf der Treppe, deren unterste Stufen bis weit in den Flur hinein vorsprangen. Links, nach der Park- und Gartentür zu, standen die Kinder, einige sonntäglich geputzt, die anderen notdürftig gekleidet, hinter ihnen die Armen des Dorfes, auch Sieche und Krüppel; nach rechts hin aber hatte alles, was zum Hause gehörte, seine Aufstellung genommen: der Jäger, der Inspektor, der Maier, Krist und Jeetze, dazu die Mägde, der Mehrzahl nach jung und hübsch und alle gekleidet in die malerische Tracht dieser Gegenden, den roten Friesrock, das schwarzseidene Kopftuch und den geblümten Manchester-Spenzer. In Front dieser bunten Mädchengruppe gewahrte man eine ältliche Dame über fünfzig, grau gekleidet mit weißem Tuch und kleiner Tüllhaube, die Hände gefaltet, den Kopf vorgebeugt, wie um dem Gesange der Kinder mit mehr Andacht folgen zu können. Es war Tante Schorlemmer. Nur als die Geschwister auf dem Treppenabsatz erschienen, unterbrach sie ihre Haltung und erwiderte Lewins Gruß mit einem freundlichen Nicken.

Nun war auch der zweite Vers gesungen, und die Weihnachtsbescherung an die Armen und Kinder des Dorfes, wie sie in diesem Hause seit alten Zeiten Sitte war, nahm ihren Anfang. Niemand drängte vor; jeder wusste, dass ihm das seine werden würde. Die Kranken erhielten eine Suppe, die Krüppel ein Almosen, alle einen Festkuchen, an die Kinder aber traten die Mägde heran und schütteten ihnen Äpfel und Nüsse in die mitgebrachten Säcke und Taschen.

Das Gabenspenden war kaum zu Ende, als die große, vom Flur aus in die Halle führende Flügeltüre von innen her sich öffnete und ein heller Lichtschein in den bis dahin nur halb erleuchteten Flur drang. Damit war das Zeichen gegeben, dass nun dem Hause selber beschert werden solle. Der alte Vitzewitz trat zwischen Türe und Weihnachtsbaum, und Lewins ansichtig werdend, der am Arm der Schwester dem Festzug voraufschritt, rief er ihm zu: „Willkommen, Lewin, in Hohen-Vietz." Vater und Sohn begrüßten sich herzlich; dann setzten die Geschwister ihren Umgang um die Tafel fort, während draußen im Flur die Kinder wieder anstimmten:

Lob, Ehr' und Preis sei Gott
Dem Vater und dem Sohne,
Und auch dem Heil'gen Geist
Im hohen Himmelsthrone.

Der Zug löste sich nun auf, und jeder trat an seinen Platz und seine Geschenke. Alles gefiel und erfreute, die Schals, die Westen, die seidenen Tücher. Da lagerte kein Unmut, keine Enttäuschung auf den Stirnen; jeder wusste, dass schwere Zeiten waren, und dass der viel heimgesuchte Herr von Hohen-Vietz sich mancher Entbehrung unterziehen musste, um die gute Sitte des Hauses auch in bösen Tagen aufrechtzuerhalten.

Zu beiden Seiten des Kamins, über dessen breiter Marmorkonsole das überlebensgroße Bild des alten Matthias aufragte, waren auf kleinen Tischen die Gaben ausgebreitet, die der Vater für Lewin und Renaten gewählt hatte. Lieblingswünsche hatten ihre Erfüllung gefunden, sonst waren sie nicht reichlich. An Lewins Platz lag eine gezogene Doppelbüchse, Suhler Arbeit, sauber, leicht, fest, eine Freude für den Kenner.

„Das ist für dich, Lewin. Wir leben in wunderbaren Tagen. Und nun komm und lass uns plaudern."

Beide traten in das nebenan gelegene Zimmer, während in der Halle die Weihnachtslichter niederbrannten.

Aus: Vor dem Sturm

Er sprach von den Engeln des Herrn

Ein Weihnachtsgottesdienst in der alten Kirche

Das Summen der Glocken war noch in der Luft, als Berndt von Vitzewitz, Renaten am Arm, aus einem in den Schnee gefegten Fußsteig in die große Nussbaumallee einbog, die, leise ansteigend, von der Einfahrt des Herrenhauses her in gerader Linie zur Hügelkirche hinaufführte. Dem voraufschreitenden Paare folgten Lewin und Tante Schorlemmer. Alle waren winterlich gekleidet; die Hände der Damen steckten in schneeweißen Grönlandsmuffen; nur Lewin, alles Pelzwerk verschmähend, trug einen hellgrauen Mantel mit weitem Überfallkragen.

Die mehrgenannte Hügelkirche, der sie zuschritten, war ein alter Feldsteinbau aus der ersten christlichen Zeit, aus den Kolonisationstagen der Zisterzienser her; dafür sprachen die sauber behauenen Steine, die Chornische und vor allem die kleinen hochgelegenen Rundbogenfenster, die dieser Kirche, wie allen vorgotischen Gotteshäusern der Mark, den Charakter einer Burg gaben. Wenig hatten die Jahrhunderte daran geändert. Einige Fenster waren verbreitert, ein paar Seiteneingänge für den Geistlichen und die Gutsherrschaft hergerichtet worden; sonst, mit Ausnahme des Turmes und eines neuen Gruftanbaues der nördlichen Langwand, stand alles, wie es zu den Mönchszeiten gestanden hatte.

War nun aber das Äußere der Kirche so gut wie unverändert geblieben, so hatte das Innere derselben alle Wandlungen eines halben Jahrtausends durchgemacht. Von den Tagen an, wo die Askanier hier ihre regelmäßig wiederkehrenden Fehden mit den Pommerherzögen ausfochten, bis auf die Tage herab, wo der Große König an ebendieser Stelle, bei Zorndorf und Kunersdorf, seine blutigsten Schlachten schlug, war an der Hohen-Vietzer Kirche kein Jahrhundert vorübergegangen, das ihr nicht in ihrer inneren Erscheinung Abbruch oder Vorschub geleistet, ihr nicht das eine oder andere gegeben oder genommen hätte.

Ein gleiches, was hier eingeschaltet werden mag, gilt von der Mehrzahl aller alten märkischen Dorfkirchen, die dadurch ihren Reiz und ihre Eigentümlichkeit empfangen. Besonders im Gegensatz zu den weltlichen oder Profan-Bauten unseres Landes. Überblickt man diese, so nimmt man alsbald wahr, dass die eine Gruppe zwar die Jahre, aber keine Geschichte, die andere Gruppe zwar die Geschichte, aber keine Jahre hat. Burg Soltwedel ist uralt, aber schweigt. Schloss Sanssouci spricht, aber ist jung wie ein Parvenü. Nur unsere Dorfkirchen stellen sich uns vielfach als die Träger unserer ganzen Geschichte dar, und die Berührung der Jahrhunderte untereinander zur Erscheinung bringend, besitzen und äußern sie den Zauber historischer Kontinuität.

Die Hohen-Vietzer Kirche hatte drei Eingänge, der erste für die Gemeinde von Westen her. Der Turm, durch den dieser Eingang ging, war aus Feldstein roh zusammengemörtelt; es fehlte die Sauberkeit, die den älteren Bau auszeichnete. Von der Decke herab hing ein Seil, an dem die Betglocke geläutet wurde. Rechts an der Wand hin stand ein Grabscheit, eine Totenbahre; auf ihr lagen Leinentücher, um die Särge hinabzulassen. An der Wand gegenüber waren wurmstichige Holzpuppen, Überreste eines Schnitzaltars aus der katholischen Zeit her, zusammengefegt; daneben aufgeschichtetes Knubbenholz, wahrscheinlich um die Sakristei zu heizen. Das eigentliche Schaustück dieser Vorhalle war aber die „Türkenglocke", berühmt wegen ihres Tones und ihrer Größe, die, nachdem sie lange oben im Turm gehangen und die Oder hinauf- und hinabgeklungen hatte, jetzt gesprungen aus ihrer Höhe herabgelassen war. Sie war – so wenigstens ging die Sage – aus Geschützen gegossen, die Isaschar von Vitzewitz (des alten Matthias Sohn) aus dem Türkenkriege mit heimgebracht hatte. Inschriften bedeckten den Rand; eine lautete:

Ruf ich, öffne deinen Sinn,
Gott zu dienen ist Gewinn.

Der schwere Eisenklöppel stand in einer Ecke daneben. Aus dem Turm trat man in den Mittelgang der Kirche; dicht an der Schwelle lag ein granitner Taufstein, ohne Fuß oder Träger, mitten durchgebrochen, noch aus der Zeit der Zisterzienser her. Weiter links, in der Ecke, wo Turm und Kirchenschiff zusammenstießen, war eine Nische in die nördliche Längswand gehauen; an einem Eisenstab hing eine Maria (das Christkind war ihrem Arm entfallen), und ihr zu Häupten stand einfach die Jahreszahl 1431. Das war das Hussitenjahr. Kein Zweifel, dass die Vitzewitze diesen Votivaltar nach Abzug des Feindes gestiftet hatten. Rechts und links vom Mittelgange, bis über die Hälfte der Kirche, liefen die Kirchenstühle hin, alle sauber und verschlossen; nur die Tür des Vordersten stand halb offen und hing in den Angeln. Dieser hieß der „Majorsstuhl" seit den Tagen, die der Kunersdorfer Schlacht unmittelbar gefolgt waren. Bis hierher, durch Flucht und Graus, hatten Grenadiere vom Regiment Itzenplitz ihren verwundeten Major getragen, auf diese Bank hatten sie ihn niedergelegt, hier hatte er sich aufgerichtet und die Binden abgerissen. „Kinder, ich will sterben." Die Bank hatte einen Blutfleck seitdem, und jeder mied die Stelle.

Einen Hauptschmuck der Hohen-Vietzer Kirche bildeten ihre Grabsteine. Einst hatten sie vom Altar an bis mitten in das Kirchenschiff hinein gelegen; seitdem aber das alte Gewölbe zugeschüttet und die neue Gruft, deren wir schon erwähnten, angebaut worden war, standen sie aufrecht an der Nordwand der Kirche hin. Es waren meist einfache Steine, je nach der Sitte der Zeit mit langen oder kurzen Inschriften versehen, die von Malplaquet und Mollwitz erzählten oder auch von stilleren Tagen, in Hohen-Vietz begonnen und beendet.

An zwei dieser Steine knüpfte die Sage an. Neben der Mariennische stand einer, größer als die andern und dicht beschrieben. Wer die Inschrift las, der wusste, dass Katharina von Gollmitz, eine Freundin des Hauses, einst unter diesem Steine gelegen hatte. Grete von Vitzewitz, der Verstorbenen in besonderer Liebe zugetan, hatte ihr, als sie während eines Besuches in Hohen-Vietz erkrankte und starb, einen Ehrenplatz in der Kirche angewiesen; aber die Freundin im Grabe hatte kein Gefühl für diese Auszeichnung und sehnte sich nach Haus. Immer wenn Grete Vitzewitz über den Grabstein hinschritt, hörte sie eine Stimme: „Grete, mach auf!" Da machten sie endlich auf und brachten den Sarg nach Jargelin, wo Katharina von Gollmitz ihre Heimat hatte. Nun wurde es still. Den Grabstein aber mauerten sie in die Wand.

Ein anderer Stein, dessen Inschrift längst weggetreten war, lag noch dicht vor dem Altar. Er war der Einzige, den man an alter Stelle belassen hatte, vielleicht, weil er zerbrochen war. Er weigerte sich hartnäckig, mit den neben ihm liegenden Fliesen gleiche Linie zu halten, und bildete nach und nach eine Mulde. Wie oft auch seine zwei Hälften aufgenommen und Sand und Gerölle in die Vertiefung hineingestampft wurden, der Stein sank immer wieder. Das Volk sagte: „Da liegt der alte Matthias; der geht immer tiefer."

Dies war nun freilich ein Irrtum, der alte Matthias lag an anderer Stelle, wohl aber gehörte ihm das große Grabmonument an, das, nach der künstlerischen Seite hin, den Hauptschmuck der Hohen-Vietzer Kirche bildete. Es war ein Marmordenkmal, überladen, rokokohaft, dabei jedoch von großer Meisterschaft der Arbeit. Dem Gegenstande nach zeigte es eine gewisse Verwandtschaft mit dem Altarbilde des Saalanbaues. Matthias von Vitzewitz und seine Gemahlin kniend, dabei voll Andacht zu einer Kreuzigung Christi emporblickend. Alles Basrelief, nur die Knienden fast in losgelöster Figur. Darunter ihre Namen und die Daten ihres Lebens und Sterbens. Ein niederländischer Meister hatte das Werk gefertigt und es persönlich zu Schiff bis in die Oder hinaufgebracht.

Als die Bewohner des Herrenhauses die Kirche betraten, begann eben der Gesang der Gemeinde. Eine schmale Treppe, an einem der kleinen Seiteneingänge ausmündend, führte zu dem herrschaftlichen Stuhle hinauf. Dieser, ein auf Pfeilern ruhender, sehr einfacher Holzbau, war ursprünglich durch hohe Schiebefenster geschlossen gewesen, längst aber waren diese beseitigt, und nur noch zwei schmale Bretter, die von der Brüstung bis zur vollen Höhe der Decke aufstiegen, teilten den Raum in drei große Rahmen ab. Vorn an der Wandung war das Vitzewitzsche Wappen angebracht, ein Andreaskreuz, weiß auf rotem Grunde.

In Front dieses herrschaftlichen Stuhles, hart an der Brüstung hin, nahmen die Eintretenden geräuschlos Platz: erst Berndt von Vitzewitz, links neben ihm Renate, dann Tante Schorlemmer. Lewin stellte seinen Stuhl in die zweite Reihe. So vernachlässigt alles war, so war es doch nicht ohne einen gewissen Reiz. Gleich zur Rechten Altar und Kanzel; in Front des Altars das Taufbecken, eine silberne, mit allegorischen Figuren und unentzifferbaren Inschriften reich ausgeschmückte Schüssel, die nur mit großer Mühe vor den Händen des Feindes gerettet worden war. An der Wand gegenüber das vorerwähnte Marmordenkmal des alten Matthias und seiner Gemahlin. Das Beste aber, was dieser unscheinbaren Stelle eigen war, war doch das große, fast einen Halbkreis bildende Fenster, das einen Blick auf den Kirchhof und weiter hügelabwärts auf einzelne zerstreute, wie Vorposten ausgestellte Hütten und Häuser des Dorfes gestattete. Neben diesem Fenster, hart an der Kirchwand, stand ein Eibenbaum, der von der Seite her die längsten seiner Zweige vorschob und regelmäßig an die Scheiben klopfte, wenn Pastor Seidentopf seine dreigeteilte Predigt den Hohen-Vietzern ans Herz legte. Lewin setzte sich immer so, dass er einen Blick auf das Fenster frei hatte. Er stand wohl fest auf dem Catechismo Lutheri, wie alle Vitzewitze, seitdem die gereinigte Lehre ins Land gekommen war, aber da war doch ein anderes in ihm, das ihn von Zeit zu Zeit trieb, mehr auf den Eibenbaum draußen als auf die Stimme von der Kanzel her zu achten, wäre diese Stimme auch mächtiger gewesen, als die seines alten Lehrers und Freundes, dem die sonntägliche Erbauung oblag.

Die Sonne schien hell, und ein einfallendes Streiflicht erleuchtete in plötzlichem Glanz die halbe Nordwand, vor allem das große Grabdenkmal dem herrschaftlichen Chorstuhl gegenüber. Die lebensgroßen Figuren waren wie von rosigem Leben angehaucht. Lewin hatte die Schönheit dieses Bildwerkes nie so voll empfunden; er las die langen Inschriften, wie er sich gestand, zum ersten Mal.

Der Gesang schwieg; schon während des letzten Verses war Prediger Seidentopf auf die Kanzel getreten, ein Sechziger, mit spärlichem weißen Haar, von würdiger Haltung und mild im Ausdruck seiner Züge. Lewin hing an der wohltuenden Erscheinung, senkte dann den Blick und folgte in andächtiger Betrachtung dem stillen Gebet. Die Gemeinde tat ein Gleiches, neigte sich und schaute voll herzlichem Verlangen zu ihrem Geistlichen auf, als dieser sein Gebet beendet und sein Haupt wiederum erhoben hatte. Denn die Gemüter waren damals offen für Trost und Zuspruch von der Kanzel her und rechneten nicht nach, ob die Worte lutherisch oder kalvinistisch klangen, so sie nur aus einem preußischen Herzen kamen. Das wusste Seidentopf, der in gewöhnlichen Zeiten manche Widersacher unter den strenggläubigen Konventiklern seines Dorfes zu bekämpfen hatte, und ein heller Glanz, wie ihn ihm die innere Freude gab, umleuchtete seine Stirn, als er nach Lesung des Evangeliums die Texteswort zu erklären begann. Er sprach von dem Engel des Herrn, der den Hirten erschien, um ihnen die Geburt eines neuen Heiles zu verkünden. Solche Engel, so fuhr er fort, sende Gott zu allen Zeiten, vor allem dann, wenn die Nacht der Trübsal auf den Völkern läge. Und eine Nacht der Trübsal sei auch über dem Vaterlande; aber ehe wir es dächten, würde inmitten unseres Bangens der Engel erscheinen und uns zurufen: „Fürchtet euch nicht, siehe, ich verkündige euch große Freude.“ Denn das Gericht des Herrn habe unsere Feinde getroffen, und wie damals die Wasser zusammenschlugen und „bedeckten Wagen und Reiter und alle Macht des Pharao, dass nicht einer aus ihnen übrig blieb“, so sei es wiederum geschehen.

An dieser Stelle, auf das Weihnachtsevangelium kurz zurückgreifend, hätte Pastor Seidentopf schließen sollen;

aber unter der Wucht der Vorstellung, dass eine richtige Predigt auch eine richtige Länge haben müsse, begann er jetzt, den Vergleich zwischen dem alten und dem neuen Pharao bis in die kleinsten Züge hinein durchzuführen. Und dieser Aufgabe war er nicht gewachsen. Dazu gebrach es ihm an Schwung der Fantasie, an Kraft des Ausdrucks und Charakters. Schemenhaft zogen die Ägypterscharen vorüber. Die Aufmerksamkeit der Gemeinde wich einem toten Horchen, und Lewin, der bis dahin kein Wort verloren hatte, sah von der Kanzel fort und begann seine Aufmerksamkeit dem Fenster zuzuwenden, vor dem jetzt ein Rotkehlchen auf der beschneiten Eibe saß und in leichtem Schaukeln den Zweig des Baumes bewegte.

Nur Berndt folgte in Frische und Freudigkeit der Rede seines Pastors. Seine eigene Energie half nach; wo die Konturen nicht ausreichten, zog er seine scharfen Linien in die unsicher schwankenden hinein. Was als Schatten kam, wurde zu Leben und Gestalt. Er sah die Ägypter. Bataillone mit goldenen Adlern, Reitergeschwader, über deren weiße Mäntel die schwarzen Rossschweife fielen, so stiegen sie in endlos langem Zuge vor ihm auf, und über all ihrer Herrlichkeit schlossen sich die Wellen des Meeres. Nur über einem schlossen sie sich nicht, er gewann das Ufer, ein nördliches Eisgestade, und siehe da, über glitzernde Felder hin flog jetzt ein Schlitten, und zwei dunkle, tief liegende Augen starrten in den aufstäubenden Schnee. Pastor Seidentopf hatte keinen besseren Zuhörer als den Patron seiner Kirche, der – und nicht heute bloß – die freundlich schöne Kunst des Ergänzens zu üben verstand. Aus der Skizze schuf er ein Bild und glaubte doch, dies Bild von außen her, aus der Hand seines Freundes, empfangen zu haben.

Nun war der Sand durch die Uhr gelaufen, die Predigt selbst geschlossen. Da trat der Pastor noch einmal an den Rand der Kanzel, und mit eindringlicher Stimme der sofort alle Herzen wieder zufielen, hob er an: „Mit Christi Geburt, die wir heute feiern, beginnt das christliche neue Jahr. Ein neues Jahr; was wird es uns bringen? Es wissen zu wollen, wäre Torheit; aber zu hoffen ist unserem Herzen erlaubt. Gott hat ein Zeichen gegeben; mögen wir es zum Rechten deuten, wenn wir es deuten: er will uns wieder aufrichten, unsere Buße ist angenommen, unsere Gebete sind erhört. Die Geißel, die nach seinem Willen sechs lange Jahre über uns war, er hat sie zerbrochen; er hat sich unserer Knechtschaft erbarmt, und die Weihnachtssonne, die uns umscheint, sie will uns verkündigen, dass wieder hellere Tage unserer harren. Ob sie kommen werden mit Palmen, oder ob sie kommen werden mit Schwerterklang, wer sagt es? Wohl mischt sich ein Bangen in unsere Hoffnung, dass der Sieg nicht einziehen wird ohne letzte Opfer an Gut und Blut. Und so lasst uns denn beten, meine Freunde, und die Gnade des Herrn noch einmal anrufen, dass er uns die rechte Kraft leihen möge in der Stunde der Entscheidung. Das Wort des Judas Makkabäus sei unser Wort: ‚Das sei ferne, dass wir fliehen sollten. Ist unsere Zeit kommen, so wollen wir ritterlich sterben um unserer Brüder willen und unsere Ehre nicht lassen zu Schanden werden.' Gott will kein Weltenvolk, Gott will keinen Babelturm, der in den Himmel ragt, und wir stehen ein für seine ewigen Ordnungen, wenn wir einstehen für uns selbst. Unser Herd, unser Land sind Heiligtümer nach dem Willen Gottes. Und seine Treue wird uns nicht lassen, wenn wir getreu sind bis in den Tod. Handeln wir, wenn die Stunde da ist, aber bis dahin harren wir in Geduld.“ Er neigte sich jetzt, um in Stille das Vaterunser zu sprechen; die Orgel fiel mit feierlichen Klängen ein; die Gemeinde, sichtlich erbaut durch die Schlussworte, verließ langsam die Kirche. Auf den verschiedenen Schlängelwegen, die von der Kirche ins Dorf herniederführten, schritten die Bauern und Halbbauern ihren halbverschneiten Höfen zu. Die Frauen und Mädchen folgten. Wer von der Dorfstraße aus diesem Herabsteigen zusah, dem erschloss sich ein anmutiges Bild: der Schnee, die wendischen Trachten und die funkelnde Sonne darüber.

Aus: Vor dem Sturm

Das Fest konnte beginnen

Wie Hoppenmarieken ihren ersten Weihnachtstag feiert

Hoppenmarieken wohnte auf dem „Forstacker", an dessen Rande sich seit hundert Jahren und länger eine aus bloßen Lehmkaten bestehende Straße gebildet hatte. Diese Straße, von den Hohen-Vietzern immer als etwas Fremdes angesehen, stand rechtwinklig zu dem eigentlichen Dorf, nahm hundert Schritt hinter dem Mühlengehöft ihren Anfang und stieg hügelan, in Parallellinie mit der mehrerwähnten, die Auffahrt zum Herrenhause fortsetzenden Nussbaumallee. Es war das Armenviertel von Hohen-Vietz, zugleich die Unterkunftsstätte für alle Verkommenen und Ausgestoßenen, eine Art stabilgewordenes Zigeunerlager, das Abgang und Zugang erfuhr, ohne dass sich die Dorfobrigkeit im Einzelnen darum gekümmert hätte. Der „Forstacker war immer so". So ließ man es gehen und griff nur ein, wenn grober Unfug eine Bestrafung durchaus erforderte.

Wie der moralische Stand des Forstackers, so war auch seine Erscheinung. Die Hütten seiner Bewohner unterschieden sich von den in Front und Rücken derselben stehenden Kofen in nichts als in dem Herdrauch, der aus ihren Dächern aufwirbelte. Der Schnee, der jetzt alles überdeckte, stellte vollends eine Gleichheit her.

In der letzten, schon auf halber Höhe des Hügels gelegenen Lehmkate wohnte, womit wir unser Kapitel begannen, Hoppenmarieken. Die Kofen fehlten; stattdessen fasste ein Heckenzaun das Häuschen ein, welches Letztere nach vornhin eine Tür und ein Fenster, sonst aber nirgends einen Eingang oder eine Lichtöffnung hatte. Ein Würfel mit bloß zwei Augen. Das Innere bestand aus wenig Räumen. Der Flur, der nach hintenzu zugleich die Kochgelegenheit hatte, war ebenso schmal wie tief, dazu völlig dunkel; in Sommerszeit aber erhielt er Licht durch die offen stehende Tür, während im Winter das auf dem Herd brennende Feuer aushelfen musste. Neben dem Flur lag die Stube; hinter dieser der Alkoven.

So war Hoppenmariekens Haus. Wer aber war Hoppenmarieken?

Hoppenmarieken war eine Zwergin. Wo sie eigentlich herstammte, wusste niemand mit Bestimmtheit zu sagen. Die älteren Hohen-Vietzer erzählten, dass sie vor etwa dreißig Jahren ins Dorf gekommen und als eine halbe Landstreicherin, wie manche andere vor ihr und nach ihr, mit wenig günstigen Augen angesehen worden sei. Der damals lebende Gutsherr aber, Berndt von Vitzewitz' Vater, habe Mitleid mit ihr gehabt und die entgegenstehenden Bedenken mit der halb scherzhaften Bemerkung niedergeschlagen: „Dafür haben wir den Forstacker." Schon damals, so hieß es, habe sie so ausgesehen wie jetzt, ebenso alt, ebenso hässlich, habe dieselben hohen Wasserstiefel, dasselbe Kopftuch getragen und sei, damals wie heute, schon auf weithin kennbar gewesen durch den roten Friesrock, die Kiepe auf ihrem Rücken und den mannshohen, krummstabartigen Stock in ihrer Hand.

Hoppenmarieken, so viel stand fest, hatte sich seitdem auf dem Forstacker eingebürgert und war in der ganzen Südhälfte des Oderbruchs die allergekannteste Person. Dafür sorgte neben ihrer Erscheinung auch ihr Geschäft. Sie hatte deren mehrere. Zunächst war sie Botenläuferin. Dreimal die Woche, wie immer auch Weg und Wetter sein mochte, brach sie, je nach dem Postengange, früh morgens oder spät abends auf, empfing Briefe, Zeitungen, Pakete und kehrte zwölf Stunden später, es sei von Frankfurt oder von Küstrin, nach Hohen-Vietz zurück. Und dieser Botendienst, wie er sie überall bekannt gemacht hatte, machte sie schließlich, trotz allem, was dann und wann gegen sie laut wurde, auch wohlgelitten. Jedes freute sich, Hoppenmarieken über den Hof kommen und durch eine eigentümliche Bewegung ihres Stockes, die etwas Tambourmajorhaftes hatte, angedeutet zu sehen: „Ich bringe Neuigkeiten." Alle Landposten sind wohlgelitten.

Diese Botendienste bildeten aber nur die Basis ihrer Existenz; wichtiger für sie oder doch wenigstens einträglicher war das Kommissionsgeschäft, das sie nebenbei betrieb. Der Eierhandel aller Dörfer anderthalb Meilen um Hohen-Vietz herum lag eigentlich in ihrer Hand, wobei sie sich doppelter Provisionen zu versichern wusste. Dies ermöglichte sich dadurch, dass das ganze Geschäft auf Tausch beruhte. Eine Bauerfrau in Zechin oder Wuschewier, die sich ein neues Kopftuch wünschte, setzte sich, wenn Hoppenmarieken des Weges kam, mit dieser in Verbindung, packte ihr einen bereitgehaltenen Hahn samt ein paar Stiegen Eier in die Kiepe und überließ es nun ebenso ihrem Genius wie ihrer Diskretion, das Kopftuch zu beschaffen. Es kam vor, dass in diesem oder jenem Artikel Hoppenmarieken den ganzen Markt bestimmte. Man sah in diesen Vorteilen, die ihr zufielen, einen ehrlichen Verdienst und hatte Recht darin. Aber nicht all ihr Verdienst war so ehrlicher Natur. Auf dem Forstacker wohnten

Leute, die, selbst übel beleumdet, ihr böse Dinge nachsagten. Aber auch im Dorfe selbst wusste man davon zu erzählen. Die liederlichen Dirnen schlichen sich abends in ihr Haus; sie wahrsagte, sie legte Karten. Sonntags war sie immer in der Kirche und sang mit ihrer rauen Stimme die Gesangbuchlieder mit, von denen sie die bekanntesten auswendig wusste; aber niemand glaubte, dass sie eine ehrliche Christin sei. Man hielt sie für einen Mischling von Zwerg und Hexe. Selbst im Herrenhause, wo man ihr als einer Dorfkuriosität, zum Teil aber auch um ihrer Brauchbarkeit willen manches nachsah, dachte man im Ganzen genommen wenig günstiger über sie. Nur Lewin stand ihr mit einer gewissen poetischen Zuneigung zur Seite. Er liebte scherzhaft über sie zu fantasieren. Ihr Alter sei unbestimmbar, sie sei ein geheimnisvolles Überbleibsel der alten wendischen Welt, ein Bodenprodukt dieser Gegenden, wie die Krüppelkiefern, deren einige noch auf dem Höhenrücken ständen. Bei anderen Gelegenheiten wieder, wenn ihm vorgehalten wurde, dass die Wenden sehr wahrscheinlich schöne Leute gewesen seien, begnügte er sich, sie als ein Götzenbild auszugeben, das, als der letzte Czernebogtempel fiel, plötzlich lebendig geworden sei und nun die früher beherrschten Gebiete durchschreite. Er fügte auch wohl hinzu: Hoppenmarieken werde nie sterben, denn sie lebe nicht. Sie sei nur ein Spuk. Darin versah er es nun aber ganz und gar; sie lebte nicht nur, sie lebte auch gern und gut und dabei ganz mit jener sinnlichen Lust, wie sie den Zwergen immer und den Geizigen in der Regel eigen ist. Und sie war beides, zwergig und geizig.

Die Bauern hatten sich nach ihrem Diskurs im Scharwenkaschen Kruge kaum getrennt, als Hoppenmarieken in dem schweren Schritt ihrer Wasserstiefel die Dorfgasse heraufkam. Sie ging rasch wie immer, nüsterte und sprach unverständliche Worte vor sich hin. Ihr langer Hakenstock bewegte sich dabei taktmäßig auf und ab, und ihr roter Friesrock leuchtete.

Als sie das Mühlengehöft passiert hatte, schwenkte sie links und schritt nun die verschneite Lehmkaten- und Kofenstraße hinauf auf ihr Häuschen zu. Die Tür desselben war nur eingeklinkt und mit Recht, denn alles, was sich drinnen befand, stand im Schutze seiner eigenen Unheimlichkeit. Völliges Dunkel empfing sie; sie tappte, sich mit dem Stocke fühlend, bis in die Mitte des Flurs, stellte hier Stock und Kiepe beiseite und fuhr dann mit ihrer Hand, die eine Hornhaut hatte, in der Herdasche umher, bis ein paar glühende Kohlen zum Vorschein kamen. Sie blies nun, nahm einen Schwefelfaden und zündete mithilfe desselben eine Blechlampe an, ohne übrigens von dem bescheidenen Lichte, das dieselbe gab, zunächst Gebrauch zu machen. Sie kroch vielmehr in ein großes, unmittelbar neben dem Herd befindliches Ofenloch hinein, rührte auch hier mit einem langen, halb verkohlten Scheit in der tief nach hinten liegenden Glut, warf Reisig, Tannenäpfel und ein paar Stücke steinharten Torfes auf und trat nun erst in die Stube.

Diese war geräumig. Hoppenmarieken leuchtete darin umher, sah in alle Winkel, tat einen Blick in den nach hinten zu gelegenen Alkoven und drückte zuletzt, beständig vor sich hinsprechend, ihre Zufriedenheit mit dem Sachbefunde aus. Die Lampe gab gerade Licht genug, um alles in der Stube Befindliche erkennen zu können. Neben dem Fenster, dicht an die Ecke geschoben, stand ein Wandschapp mit Tassen und Tellern; der eichene Tisch war blank gescheuert; an der Alkoventür hing ein großer, mitten durchgeborstener Rundspiegel, von dem es zweifelhaft bleiben mochte, ob er um Eitelkeits oder Geschäfts willen an dieser Stelle hing. Denn er sah aus, als ob er beim Wahrsagen und Kartenschlagen notwendig eine Rolle spielen müsse. Im Übrigen war eine gewisse weihnachtsfestliche Herrichtung, für die Hoppenmarieken selber am Tage vorher gesorgt zu haben schien, unverkennbar. Das Himmelbett hatte frische Vorhänge, die Dielen waren mit Tannenzweigen bestreut und an dem Deckenhaken hing ein Ebereschenzweig, dessen Beeren, trotz vorgeschrittener Winterzeit, noch ihre schöne rote Farbe zeigten. Alles dies hätte fast einen gemütlichen Eindruck machen müssen, wenn nicht dreierlei gewesen wäre: erstens Hoppenmarieken in Person, dann ihre Vogelkäfige und drittens und letztens der Alkoven. Hoppenmarieken selbst kennen wir; aber von den beiden anderen noch ein Wort.

An allen vier Wänden hin, dicht unter der Decke, lief eine Reihe von Vogelgebauern. Wohl zwanzig an der Zahl. Nur wo Bett und Ofen standen, war die Reihe unterbrochen. Was eigentlich in den Bauern drinsteckte, war nicht klar zu erkennen gewesen, als Hoppenmarieken mit der Lampe daran hingeleuchtet hatte. Nur allerhand dunkle Vogelaugen hatten groß und schläfrig in das Licht gestarrt. Es musste sich einem aufdrängen, das seien wohl die Augen, die bei Abwesenheit der Herrin hier Wache hielten.

Dieser seltsame Fries von Vogelbauern, in denen bloß schweigsames Volk zu Hause zu sein schien, war unheimlich genug, aber unheimlicher war der Alkoven. Schon der Rundspiegel, der an der Türe hing, bedeutete nichts Gutes. Drinnen war alles leer. Nur Kräuterbüschel zogen sich hier in ähnlicher Weise um die Wände herum, wie nebenan die Vogelkäfige. Es waren gute und schlechte Kräuter: Melisse, Schafgarbe, Wohlverleih, aber auch Allermannsharnisch, Sumpfporst und Klosterwacholder. Dazwischen Bündel von Roggenhalmen, deren gesunde Körner längst ausgefallen waren, während das giftige blaue Mutterkorn noch an den Ähren haftete; der Geruch im Ganzen war betäubend. Was einem schärferen Beobachter vielleicht mehr als alles andere aufgefallen wäre, war, dass sämtliches Kräuterwerk, statt an einfachen Nägeln, an dicken Holzpflöcken hing, deren mehrere Zoll betragender Durchmesser in gar keinem Verhältnis zu der winzigen, von ihnen zu tragenden Last stand.

Hoppenmarieken, die es sich mittlerweile bequem gemacht und die hohen Wasserstiefel mit ein Paar aus Filztuch genähten Schuhen vertauscht hatte, holte jetzt die Kiepe vom Flur herein und schien, ihrem ganzen Hantieren nach, gewillt, einen Schmaus für sich selber vorzubereiten. Sie wühlte behaglich in ihrer Kiepe, bis sie die Gegenstände, die sie suchte, gefunden hatte. Was zuerst aus der Tiefe heraufstieg, war eine blaue Spitztüte, dann kamen zwei Eier, die sie prüfend gegen das Licht hielt, zuletzt ein altes bedrucktes Sacktuch, in das aber etwas Wichtigeres eingeschlagen war. Wenigstens hielt sie das Paket mit beiden Händen ans Ohr und schüttelte. Der Ton, den es gab, beruhigte sie. Sie legte nun alles auf den Tisch, eines neben das andere, und holte vom Schapp her einen alten Fayencetopf mit abgebrochenem Henkel, dazu einen Quirl und einen Blechlöffel. Jetzt war alles beisammen. Sie tat aus der blauen Tüte einen Löffel Zucker in den Topf, schlug die beiden Eier hinein, wickelte aus dem Sacktuch eine Rumflasche heraus, liebäugelte mit ihr, goss ein und quirlte. Nur etwas fehlte noch: das siedende Wasser. Aber auch dafür war gesorgt. Sie trat in den Flur, kroch abermals in das Ofenloch und kam mit einem rußigen Teekessel zurück, dessen Inhalt zischend und sprudelnd in dem großen Fayencetopf verschwand.

Hiermit waren die Vorbereitungen als geschlossen anzusehen. Das eigentliche Fest konnte beginnen. Sie machte den Tisch wieder klar, baute sich einen großen, braunen Napfkuchen auf und sah, während sie den Kopf in beide Arme stützte, mit sinnlicher Zufriedenheit auf das hergerichtete Mahl. Auch jetzt noch war sie beflissen, nichts zu übereilen. War es nun, dass sie in der Hinausschiebung des Genusses eine Steigerung sah, oder hatte sie so ihre eigenen Hoppenmarieke'schen Vorstellungen davon, wie nun einmal ein erster Weihnachtstag gefeiert werden müsse, gleichviel, sie begnügte sich vorläufig damit, den aufsteigenden Dampf von der Seite her einzusaugen, und zog dabei den Tischkasten weit auf, in dem, durch eine Scheidewand getrennt, links das Gesangbuch, rechts die Karten lagen. Sie nahm das Gesangbuch, schlug das Christlied auf: „Vom Himmel hoch da komm' ich her", las in rezitativischer Weise, die sie selber für Gesang halten mochte, die drei ersten, dann die letzte Strophe, klappte wieder zu und tat einen ersten tüchtigen Zug. Gleich darauf ging sie zu einem allerenergischsten Angriff auf den Napfkuchen über, der nun innerhalb zehn Minuten von der Tischfläche verschwunden war. Sie strich die Krümel in ihre linke Handfläche zusammen und schüttete alles sorgfältig in den Mund.

Jetzt, wo der Fayencetopf keinen Nebenbuhler mehr hatte, war sie erst in der Lage, ihm zu zeigen, was er ihr war. Sie legte streichelnd und patschelnd ihre Hände um ihn herum, untersuchte mit den Knöcheln alle Stellen, die einen kleinen Sprung hatten, bog sich über ihn und nippte, schlürfte und tat dann wieder volle Züge. Nachdem sie so den ganzen Kursus des Behagens durchschmarutzt hatte, zog sie den Schubkasten zum zweiten Male auf, nahm jetzt aber, statt des Gesangbuches, das Kartenspiel heraus. Es waren deutsche Karten: Schippen, Herzen, Eichel; sie lagen in Form einer Mulde fest aufeinander, was jedoch für Hoppenmariekens Hände keine Schwierigkeiten bot. Als sie wohl eine halbe Stunde lang aufgelegt, gemischt und wieder aufgelegt hatte, ohne dass die Karten kommen wollten, wie sie sollten, stieg ihr das Blut zu Kopf.

Der Schippenbube wich ihr nicht von der Seite. Das missfiel ihr; sie wusste ganz genau, wer der Schippenbube war. Was? Da lag er wieder neben ihr. Sie stand unruhig auf, nahm die Lampe, leuchtete hinter den Ofen, sah zwei-, dreimal in den Alkoven hinein und setzte sich dann wieder. Aber die Beklemmung wollte nicht weichen. Sie schnürte deshalb das großgeblumte Kattunmieder auf, das sie trug, nestelte, zerrte, zupfte und fühlte nach einem Täschchen, das sie an einem Lederstreifen auf der Brust trug. Es war da. Sie nahm es ab, zählte seinen Inhalt und fand alles, wie es sein musste.

Dies gab ihr ihre Ruhe wieder. Sie wollte es noch einmal versuchen und begann abermals die Karten zu legen. Diesmal traf es; der Schippenbube lag weit ab. Ein hässliches Lachen zog über ihr Gesicht; dann tat sie den letzten Zug, schob einen großen Holzriegel vor die Türe und löschte das Licht.

Aus: Vor dem Sturm

Gekommen ist der Heil'ge Christ

(An Emilie 1859)

Gekommen ist der Heil'ge Christ
Die ganze Stadt voll Lichter ist;
Auch unsre sollen brennen.
Die Sorgen weg und zünde an,
Ich will derweil, so gut ich kann,
Dir meine Wünsche nennen.

Empfang zuerst ein Strumpfenband,
Das ich für dreißig Pfengk erstand
Bei Fonrobert im Laden.
Ich wünsche dir, geliebtes Weib,
Bald wieder einen dünnern Leib
Und etwas dick're Waden.

Empfang alsdann ein Kontobuch,
Fürs Credit ist es groß genug,
Fürs Debet etwas kleine.
Indes, es heißt ja: „rund die Welt",
Der Beutel wird mal wieder Geld
Und hilft uns auf die Beine.

Und drum zuletzt den heißen Wunsch,
Dass unsres Schicksals dicker Flunsch
Bald hübsch'ren Zügen weiche,
Und dass ein bisschen Sonnenschein
Zieh wieder endlich bei uns ein
Und unser Herz beschleiche.

An Emilie Fontane (Mutter)

Berlin d. 31. Dzeb. 60.

Meine liebe, gute Mama.

Eben habe ich den Vers durchgelesen womit Emilie ihren Brief geschlossen hat und fühle in Folge davon eine so entschiedene Lähmung meiner Kräfte, dass ich nicht weiß was aus diesen Zeilen werden soll. Vielleicht komm ich drüber weg, namentlich wenn ich bedenke, dass der Sack mit Pfeffernüssen (für den ich allerschönstens danke) neben mir liegt.

Die Festlichkeit gestern war eigentlich eine völlig verfehlte Affaire, da sich alles in 2 Heerlager geteilt hatte, in Grippehabende die weggeblieben waren und in Grippekriegende, die bitterlich froren und eigentlich nur einmal den Ausdruck natürlicher Heiterkeit annahmen – als die große Kutsche vorfuhr, die sie abholte; sie wohnen nämlich alle auf einem Klump in der Links- und Schellingsstraße und hatten sich deshalb zu einer gemeinschaftlichen Chaise aufgeschwungen. Auch mir schmeckt alles heute erst. In der Regel sind unsre Gäste sehr heiter und animiert bei uns, trotzdem stimmen Emilie und ich darin überein, dass es angenehmer ist Gast als Wirt sein. Namentlich auch billiger.

Die Kälte ist seit gestern geradezu unanständig und neben dem Wunsche, beim Einzug in Peking zugegen gewesen zu sein, erfüllt mich jetzt überwiegend die Sehnsucht nach Cairo, Nil, Pyramiden und – 30 Grad Wärme. Aber statt der Pyramiden, um doch auch mal einen geistreichen Anlauf zu nehmen, hat man nur die Sphinx vor sich, die Rätselsphinx des neuen Jahres.

Da wären wir denn beim neuen Jahre glücklich angelangt und den herzlichsten Glückwünschen für dasselbe, stellt sich weiter nichts in den Weg. Erhalte Dich Gott Deinen Kindern und Deine Kinder Dir, erlebe außerdem so viel Freude an ihnen wie man an Menschen erleben kann, was nicht allzu viel ist, denn die Menschen taugen nichts und auch die Besten sind Package. Eine Ausnahme macht meine Frau, die darauf dringt, dass ich das eigens hervorhebe. Ich tu es mit Vergnügen. Übrigens ist sie, unberufen und unbeschrien, recht gut. Gott mache sie nicht schlimmer. Mit diesem Wunsche und unter Wiederholung der herzlichsten Wünsche für Dein und Schwester Lischens Wohl, wie immer Dein

Theodor.

An Lischen.

Habe ein heitres, fröhliches Herz
Januar, Februar und März,
Sei immer mit dabei
In April und Mai,
Kreische vor Lust
In Juni, Juli und August
Habe Verehrer, Freunde und Lober
In September und Oktober
Und bleibe meine gute Schwester
Bis zum Dezember und nächstem Sylvester.

Die Bücher schick' ich nun wirklich in den nächsten Tagen; ich habe sie so gelegt, dass sie vor mir liegen und mich durch ihren Anblick mahnen. Th. F.

An Emilie

Zum 24. Dezember 1862

Es ändern im Leben sich die Dinge,
Lahm wird der Schwung, lahm wird die Schwinge,
Die Liebe, die sonst im Äther schwamm,
Sie steigt hinunter zu Seife und Kamm.

Der Kamm für zwölf einen halben Groschen
Ist aus einem Laden mit Gummi-Galoschen,
Die Seife (aus einem kleinen Basar)
Wohl nie bei „Treu und Nuglisch“ war.

Sei's drum; wenn ich es recht begreife,
Ist gar nicht so übel der Kamm und die Seife,
Und war auch die Lieb einst noch so stramm,
Noch strammer ist Liebe mit Seife und Kamm.

Nur stramme Liebe, ums recht zu bedenken,
Kann's wagen, Kamm und Seife zu schenken,
Und glücklich die Ehe, wo Frau und Mann
Sich Kamm und Seife schenken kann.

Zum „Pfefferkuchenabend“ bei Beutners

(29. Dezember 1863)

Sie saßen plaudernd bei Brot und Wein,
Sieben Freunde und Genossen;
Es war schon manches, groß und klein,
Über Herz und Lippe geflossen.

Da sprach der eine: „Ich tat’ schon lang
Nach einem Aufschluss suchen,
Wie kam nur zu so hohem Rang
Der braune Pfefferkuchen?“

Da sprach der andre: „Mit etwas Verstand
Ist die Antwort gar nicht zu missen:
Wer würde von ‚Theodor Hildebrandt‘
In der Welt sonst etwas wissen.“

Der Dritte sagte: „Ich weiß es genau“ –
Und er flüsterte leis wie ein Mäuschen:
„Es ist von wegen der alten Frau
In dem Pfefferkuchenhäuschen.“

Der viert’ und der Fünfte, die fanden nichts,
Und, um doch was zu sprechen,
Versuchten sie wichtigen Angesichts
Sich an dem Objekt zu rächen.

Sie sagten betont und etwas spitz,
Als schössen sie ab einen Treffer:
„Des Pfefferkuchens ganzer Witz
Ist, dass er ohne Pfeffer.“

Der Sechste sah es als Künstler an,
Vielleicht auch war es Sarkastik:
„Der Pfennig-Pfefferkuchenmann
Ist die freundlichste Form der Plastik.“

Drauf der Letzte, in Partizipialkonstruktion,
Sprach: „Mir all nicht gefallen habend –
Des Pfefferkuchens Zweck und Lohn
Ist der Pfefferkuchenabend.“

Und so kam Heiligabend heran

Weihnachten im Hause Innstetten

Die musikalische Soiree bei Gieshübler hatte Mitte Dezember stattgefunden, gleich danach begannen die Vorbereitungen für Weihnachten, und Effi, die sonst schwer über diese Tage hingekommen wäre, segnete es, dass sie selber einen Hausstand hatte, dessen Ansprüche befriedigt werden mussten. Es galt nachsinnen, fragen, anschaffen, und das alles ließ trübe Gedanken nicht aufkommen. Am Tage vor Heiligabend trafen Geschenke von den Eltern aus Hohen-Cremmen ein, und mit in die Kiste waren allerhand Kleinigkeiten aus dem Kantorhause gepackt: wunderschöne Reinetten von einem Baum, den Effi und Jahnke vor mehreren Jahren gemeinschaftlich okuliert hatten, und dazu braune Puls- und Kniewärmer von Bertha und Hertha. Hulda schrieb nur wenige Zeilen, weil sie, wie sie sich entschuldigte, für X. noch eine Reisedecke zu stricken habe. „Was einfach nicht wahr ist“, sagte Effi. „Ich wette, X. existiert gar nicht. Dass sie nicht davon lassen kann, sich mit Anbetern zu umgeben, die nicht da sind!“

Und so kam Heiligabend heran.

Innstetten selbst baute auf für seine junge Frau, der Baum brannte, und ein kleiner Engel schwebte oben in Lüften. Auch eine Krippe war da mit hübschen Transparenten und Inschriften, deren eine sich in leiser Andeutung auf ein dem Innstettenschen Hause für nächstes Jahr bevorstehendes Ereignis bezog. Effi las es und errötete. Dann ging sie auf Innstetten zu, um ihm zu danken, aber eh sie dies konnte, flog nach altpommerschem Weihnachtsbrauch, ein Julklapp in den Hausflur: eine große Kiste, drin eine Welt von Dingen steckte. Zuletzt fand man die Hauptsache, ein zierliches, mit allerlei japanischen Bildchen überklebtes Morsellenkästchen, dessen eigentlichem Inhalt auch noch ein Zettelchen beigegeben war. Es hieß da:

Drei Könige kamen zum Heiligenchrist,
Mohrenkönig einer gewesen ist; –
Ein Mohrenapothekerlein
Erscheinet heute mit Spezerein,
Doch statt Weihrauch und Myrren, die nicht zur Stelle,
Bringt er Pistazien- und Mandel-Morselle.

Effi las es zwei-, dreimal und freute sich darüber. „Die Huldigungen eines guten Menschen haben doch etwas besonders Wohltuendes. Meinst du nicht auch, Geert?“

„Gewiss meine ich das. Es ist eigentlich das Einzige, was einem Freude macht oder wenigstens Freude machen sollte. Denn jeder steckt noch so nebenher in allerhand dummem Zeuge drin. Ich auch. Aber freilich, man ist, wie man ist.“

Der erste Feiertag war Kirchtag, am zweiten war man bei Borckes draußen, alles zugegen, mit Ausnahme von Grasenabbs, die nicht kommen wollten, „weil Sidonie nicht da sei“, was man als Entschuldigung allseitig ziemlich sonderbar fand. Einige tuschelten sogar: „Umgekehrt; gerade deshalb hätten sie kommen sollen.“ Am Silvester war Ressourcenball, auf dem Effi nicht fehlen durfte und auch nicht wollte, denn der Ball gab ihr Gelegenheit, endlich einmal die ganze Stadtflora beisammen zu sehen. Johanna hatte mit den Vorbereitungen zum Ballstaate für ihre Gnädige vollauf zu tun, Gieshübler, der, wie alles, so auch ein Treibhaus hatte, schickte Kamelien, und Innstetten, so knapp bemessen die Zeit für ihn war, fuhr am Nachmittage noch über Land nach Papenhagen, wo drei Scheunen abgebrannt waren.

Es war ganz still im Hause. Christel, beschäftigungslos, hatte sich schläfrig eine Fußbank an den Herd gerückt, und Effi zog sich in ihr Schlafzimmer zurück, wo sie sich, zwischen Spiegel und Sofa, an einen kleinen, eigens zu diesem Zweck zurechtgemachten Schreibtisch setzte, um von hier aus an die Mama zu schreiben, der sie für Weihnachtsbrief und Weihnachtsgeschenke bis dahin bloß in einer Karte gedankt, sonst aber seit Wochen keine Nachricht gegeben hatte.

„Kessin, 31. Dezember. Meine liebe Mama! Das wird nun wohl ein langer Schreibebrief werden, denn ich habe – die Karte rechnet nicht – lange nichts von mir hören lassen. Als ich das letzte mal schrieb, steckte ich noch in den Weihnachtsvorbereitungen, jetzt liegen die Weihnachtstage schon zurück. Innstetten und mein guter Freund Gieshübler hatten alles aufgeboten, mir den Heiligen Abend so angenehm wie möglich zu machen, aber ich fühlte mich doch ein wenig einsam und bangte mich nach euch. Überhaupt, so viel Ursache ich habe, zu danken und froh und glücklich zu sein, ich kann ein Gefühl des Alleinseins nicht ganz loswerden, und wenn ich mich früher, vielleicht mehr als nötig, über Huldas ewige Gefühlsträne mokiert habe, so werde ich jetzt dafür bestraft und habe selber mit dieser Träne zu kämpfen. Denn Innstetten darf es nicht sehen. Ich bin aber sicher, dass das alles besser werden wird, wenn unser Hausstand sich mehr belebt, und das wird der Fall sein, meine liebe Mama. Was ich neulich andeutete, das ist nun Gewissheit, und Innstetten bezeugt mir täglich seine Freude darüber. Wie glücklich ich selber im Hinblick darauf bin, brauche ich nicht erst zu versichern, schon weil ich dann Leben und Zerstreuung um mich her haben werde oder, wie Geert sich ausdrückt, ein ‚liebes Spielzeug'. Mit diesem Worte wird er wohl recht haben, aber er sollte es lieber nicht gebrauchen, weil es mir immer einen kleinen Stich gibt und mich daran erinnert, wie jung ich bin, und dass ich noch halb in die Kinderstube gehöre. Diese Vorstellung verlässt mich nicht (Geert meint, es sei krankhaft) und bringt es zuwege, dass das, was mein höchstes Glück sein sollte, doch fast noch mehr eine beständige Verlegenheit für mich ist. Ja, meine liebe Mama, als die guten Flemming'schen Damen sich neulich nach allem möglichen erkundigten, war mir zumut, als stünd' ich schlecht vorbereitet in einem Examen, und ich glaube auch, dass ich recht dumm geantwortet habe. Verdrießlich war ich auch. Denn manches, was wie Teilnahme aussieht, ist doch bloß Neugier und wirkt umso zudringlicher, als ich ja noch lange, bis in den Sommer hinein, auf das frohe Ereignis zu warten habe. Ich denke, die ersten Julitage. Dann musst du kommen, oder noch besser, sobald ich einigermaßen wieder bei Wege bin, komme ich, nehme hier Urlaub und mache mich auf nach Hohen-Cremmen. Ach, wie ich mich darauf freue, und auf die havelländische Luft – hier ist es fast immer rau und kalt – und dann jeden Tag eine Fahrt ins Luch, alles rot und gelb, und ich sehe schon, wie das Kind die Hände danach streckt, denn es wird doch wohl fühlen, dass es eigentlich da zu Hause ist. Aber das schreibe ich nur dir. Innstetten darf nicht davon wissen, und auch dir gegenüber muss ich mich wie entschuldigen, dass ich mit dem Kinde nach Hohen-Cremmen will und mich heute schon anmelde, statt dich, meine liebe Mama, dringend und herzlich nach Kessin hin einzuladen, das ja doch jeden Sommer fünfzehnhundert Badegäste hat und

Schiffe mit allen möglichen Flaggen und sogar ein Dünenhotel. Aber dass ich so wenig Gastlichkeit zeige, das macht nicht, dass ich ungastlich wäre, so sehr bin ich nicht aus der Art geschlagen, das macht einfach unser landrätliches Haus, das, so viel Hübsches und Apartes es hat, doch eigentlich gar kein richtiges Haus ist, sondern nur eine Wohnung für zwei Menschen, und auch das kaum, denn wir haben nicht einmal ein Esszimmer, was doch genant ist, wenn ein paar Personen zu Besuch sich einstellen. Wir haben freilich noch Räumlichkeiten im ersten Stock, einen großen Saal und vier kleine Zimmer, aber sie haben alle etwas wenig Einladendes, und ich würde sie Rumpelkammer nennen, wenn sich etwas Gerümpel darin vorfände; sie sind aber ganz leer, ein paar Binsenstühle abgerechnet, und machen, das Mindeste zu sagen, einen sehr sonderbaren Eindruck. Nun wirst du wohl meinen, das alles sei ja leicht zu ändern. Aber es ist nicht zu ändern; denn das Haus, das wir bewohnen, ist ... ist ein Spukhaus; da ist es heraus. Ich beschwöre dich übrigens, mir auf diese meine Mitteilung nicht zu antworten, denn ich zeige Innstetten immer Eure Briefe, und er wäre außer sich, wenn er erführe, dass ich dir das geschrieben. Ich hätte es auch nicht getan, und zwar umso weniger, als ich seit vielen Wochen in Ruhe geblieben bin und aufgehört habe, mich zu ängstigen; aber Johanna sagt mir, es käme immer mal wieder, namentlich wenn wer Neues im Hause erschiene. Und ich kann dich doch einer solchen Gefahr oder, wenn das zu viel gesagt ist, einer solchen eigentümlichen und unbequemen Störung nicht aussetzen! Mit der Sache selber will ich dich heute nicht behelligen, jedenfalls nicht ausführlich. Es ist eine Geschichte von einem alten Kapitän, einem so genannten Chinafahrer, und seiner Enkelin, die mit einem hiesigen jungen Kapitän eine kurze Zeit verlobt war und an ihrem Hochzeitstage plötzlich verschwand. Das möchte hingehn. Aber was wichtiger ist, ein junger Chinese, den ihr Vater aus China mit zurückgebracht hatte und der erst der Diener und dann der Freund des Alten war, der starb kurze Zeit danach und ist an einer einsamen Stelle neben dem Kirchhof begraben worden. Ich bin neulich da vorübergefahren, wandte mich aber rasch ab und sah nach der andern Seite, weil ich glaube, ich hätte ihn sonst auf dem Grabe sitzen sehen. Denn ach, meine liebe Mama, ich habe ihn einmal wirklich gesehen, oder es ist mir wenigstens so vorgekommen, als ich fest schlief und Innstetten auf Besuch beim Fürsten war. Es war schrecklich; ich möchte so was nicht wieder erleben. Und in ein solches Haus, so hübsch es sonst ist (es ist sonderbarerweise gemütlich und unheimlich zugleich), kann ich dich doch nicht gut einladen. Und Innstetten, trotzdem ich ihm schließlich in vielen Stücken zustimmte, hat sich dabei, soviel möcht' ich sagen dürfen, auch nicht ganz richtig benommen. Er verlangte von mir, ich solle das alles als Alten-Weiberunsinn ansehn und darüber lachen, aber mit einemmal schien er doch auch wieder selber daran zu glauben und stellte mir zugleich die sonderbare Zumutung, einen solchen Hausspuk als etwas Vornehmes und Altadliges anzusehen. Das kann ich aber nicht und will es auch nicht. Er ist in diesem Punkte, so gütig er sonst ist, nicht gütig und nachsichtig genug gegen mich. Denn dass es etwas damit ist, das weiß ich von Johanna und weiß es auch von unserer Frau Kruse. Das ist nämlich unsere Kutscherfrau, die mit einem schwarzen Huhn beständig in einer überheizten Stube sitzt. Dies allein schon ist ängstlich genug. Und nun weißt du, warum ich kommen will, wenn es erst so weit ist. Ach, wäre es nur erst so weit. Es sind so viele Gründe, warum ich es wünsche. Heute Abend haben wir Silvesterball, und Gieshübler – der einzig nette Mensch hier, trotzdem er eine hohe Schulter hat, oder eigentlich schon etwas mehr –, Gieshübler hat mir Kamelien geschickt. Ich werde doch vielleicht tanzen. Unser Arzt sagt, es würde mir nichts schaden, im Gegenteil. Und Innstetten, was mich fast überraschte, hat auch eingewilligt. Und nun grüße und küsse Papa und all die andern Lieben. Glückauf zum neuen Jahr.

Deine Effi."

Aus: Effi Briest

An der Binnenseite flogen die drei Schlitten hin

Eine Schlittenpartie nach Uvagla

Der Heilige Abend kam und verging ähnlich wie das Jahr vorher; aus Hohen-Cremmen kamen Geschenke und Briefe; Gieshübler war wieder mit einem Huldigungsvers zur Stelle, und Vetter Briest sandte eine Karte: Schneelandschaft mit Telegraphenstangen, auf deren Draht geduckt ein Vögelchen saß. Auch für Annie war aufgebaut: ein Baum mit Lichtern, und das Kind griff mit seinen Händchen danach. Innstetten, unbefangen und heiter, schien sich seines häuslichen Glücks zu freuen und beschäftigte sich viel mit dem Kinde. Roswitha war erstaunt, den gnädigen Herrn so zärtlich und zugleich so aufgeräumt zu sehen. Auch Effi sprach viel und lachte viel, es kam ihr aber nicht aus innerster Seele. Sie fühlte sich bedrückt und wusste nur nicht, wen sie dafür verantwortlich machen sollte, Innstetten oder sich selber. Von Crampas war kein Weihnachtsgruß eingetroffen; eigentlich war es ihr lieb, aber auch wieder nicht, seine Huldigungen erfüllten sie mit einem gewissen Bangen, und seine Gleichgültigkeiten verstimmten sie; sie sah ein, es war nicht alles so, wie's sein sollte.

„Du bist so unruhig", sagte Innstetten nach einer Weile.

„Ja. Alle Welt hat es so gut mit mir gemeint, am meisten du; das bedrückt mich, weil ich fühle, dass ich es nicht verdiene."

„Damit darf man sich nicht quälen, Effi. Zuletzt ist es doch so: was man empfängt, das hat man auch verdient."

Effi hörte scharf hin, und ihr schlechtes Gewissen ließ sie sich selber fragen, ob er das absichtlich in so zweideutiger Form gesagt habe.

Spät gegen Abend kam Pastor Lindequist, um zu gratulieren und noch wegen der Partie nach der Oberförsterei Uvagla hin anzufragen, die natürlich eine Schlittenpartie werden müsse. Crampas habe ihm einen Platz in seinem Schlitten angeboten, aber weder der Major noch sein Bursche, der, wie alles, auch das Kutschieren übernehmen solle, kenne den Weg, und so würde es sich vielleicht empfehlen, die Fahrt gemeinschaftlich zu machen, wobei dann der landrätliche Schlitten die Tete zu nehmen und der Crampassche zu folgen hätte. Wahrscheinlich auch der Gieshüblersche. Denn mit der Wegkenntnis Mirambos, dem sich unerklärlicherweise Freund Alonzo, der doch sonst so vorsichtig, anvertrauen wolle, stehe es wahrscheinlich noch schlechter als mit der des sommersprossigen Treptower Ulanen. Innstetten, den diese kleinen Verlegenheiten erheiterten, war mit Lindequists Vorschlage durchaus einverstanden und ordnete die Sache dahin, dass er pünktlich um zwei Uhr über den Marktplatz fahren und ohne alles Säumen die Führung des Zuges in die Hand nehmen werde.

Nach diesem Übereinkommen wurde denn auch verfahren, und als Innstetten punkt zwei Uhr den Marktplatz passierte, grüßte Crampas zunächst von seinem Schlitten aus zu Effi hinüber und schloss sich dann dem Innstettenschen an. Der Pastor saß neben ihm. Gieshüblers Schlitten, mit Gieshübler selbst und Doktor Hannemann, folgte, jener in einem eleganten Büffelrock mit Marderbesatz, dieser in einem Bärenpelz, dem man ansah, dass er wenigstens dreißig Dienstjahre zählte. Hannemann war nämlich in seiner Jugend Schiffschirurgus auf einem Grönlandfahrer gewesen. Mirambo saß vorn, etwas aufgeregt wegen Unkenntnis im Kutschieren, ganz wie Lindequist vermutet hatte.

Schon nach zwei Minuten war man an Utpatels Mühle vorbei.

Zwischen Kessin und Uvagla (wo, der Sage nach, ein Wendentempel gestanden) lag ein nur etwa tausend Schritt breiter, aber wohl anderthalb Meilen langer Waldstreifen, der an seiner rechten Längsseite das Meer, an seiner linken, bis weit an den Horizont hin, ein großes, überaus fruchtbares und gut angebautes Stück Land hatte. Hier, an der

Binnenseite, flogen jetzt die drei Schlitten hin, in einiger Entfernung ein paar alte Kutschwagen vor sich, in denen, aller Wahrscheinlichkeit nach, andere nach der Oberförsterei hin eingeladene Gäste saßen. Einer dieser Wagen war an seinen altmodisch hohen Rädern deutlich zu erkennen, es war der Papenhagen'sche. Natürlich. Güldenklee galt als der beste Redner des Kreises (noch besser als Borcke, ja selbst besser als Grasenabb) und durfte bei Festlichkeiten nicht leicht fehlen.

Die Fahrt ging rasch – auch die herrschaftlichen Kutscher strengten sich an und wollten sich nicht überholen lassen –, sodass man schon um drei vor der Oberförsterei hielt. Ring, ein stattlicher, militärisch dreinschauender Herr von Mitte fünfzig, der den ersten Feldzug in Schleswig noch unter Wrangel und Bonin mitgemacht und sich bei Erstürmung des Danewerks ausgezeichnet hatte, stand in der Tür und empfing seine Gäste, die, nachdem sie abgelegt und die Frau des Hauses begrüßt hatten, zunächst vor einem lang gedeckten Kaffeetische Platz nahmen, auf dem kunstvoll aufgeschichtete Kuchenpyramiden standen. Die Oberförsterin, eine von Natur sehr ängstliche, zum Mindesten aber sehr befangene Frau, zeigte sich auch als Wirtin so, was den überaus eitlen Oberförster, der für Sicherheit und Schneidigkeit war, ganz augenscheinlich verdross. Zum Glück kam sein Unmut zu keinem Ausbruch, denn von dem, was seine Frau vermissen ließ, hatten seine Töchter desto mehr, bildhübsche Backfische von vierzehn und dreizehn, die ganz nach dem Vater schlugen. Besonders die ältere, Cora, kokettierte sofort mit Innstetten und Crampas, und beide gingen auch darauf ein. Effi ärgerte sich darüber und schämte sich dann wieder, dass sie sich geärgert habe. Sie saß neben Sidonie von Grasenabb und sagte: „Sonderbar, so bin ich auch gewesen, als ich vierzehn war."

Effi rechnete darauf, dass Sidonie dies bestreiten oder doch wenigstens Einschränkungen machen würde. Stattdessen sagte diese: „Das kann ich mir denken."

„Und wie der Vater sie verzieht", fuhr Effi halb verlegen, und nur, um doch was zu sagen, fort.

Sidonie nickte. „Da liegt es. Keine Zucht. Das ist die Signatur unserer Zeit."

Effi brach nun ab.

Der Kaffee war bald genommen, und man stand auf, um noch einen halbstündigen Spaziergang in den umliegenden Wald zu machen, zunächst auf ein Gehege zu, drin Wild eingezäunt war. Cora öffnete das Gatter, und kaum, dass sie eingetreten, so kamen auch schon die Rehe auf sie zu. Es war eigentlich reizend, ganz wie ein Märchen. Aber die Eitelkeit des jungen Dinges, das sich bewusst war, ein lebendes Bild zu stellen, ließ doch einen reinen Eindruck nicht aufkommen, am wenigsten bei Effi. „Nein", sagte sie zu sich selber, „so bin ich doch nicht gewesen. Vielleicht hat es mir auch an Zucht gefehlt, wie diese furchtbare Sidonie mir eben andeutete, vielleicht auch anderes noch. Man war zu Haus zu gütig gegen mich, man liebte mich zu sehr. Aber das darf ich doch wohl sagen, ich habe mich nie geziert. Das war immer Huldas Sache. Darum gefiel sie mir auch nicht, als ich diesen Sommer sie wieder sah."

Auf dem Rückwege vom Walde nach der Oberförsterei begann es zu schneien. Crampas gesellte sich zu Effi und sprach ihr sein Bedauern aus, dass er noch nicht Gelegenheit gehabt habe, sie zu begrüßen. Zugleich wies er auf die großen schweren Schneeflocken, die fielen, und sagte: „Wenn das so weiter geht, so schneien wir hier ein."

„Das wäre nicht das Schlimmste. Mit dem Eingeschneitwerden verbinde ich von langer Zeit her eine freundliche

Vorstellung, eine Vorstellung von Schutz und Beistand." „Das ist mir neu, meine gnädigste Frau." „Ja", fuhr Effi fort und versuchte zu lachen, „mit den Vorstellungen ist es ein eigen Ding, man macht sie sich nicht bloß nach dem, was man persönlich erfahren hat, auch nach dem, was man irgendwo gehört oder ganz zufällig weiß. Sie sind so belesen, Major, aber mit einem Gedichte – freilich keinem Heine'schen, keinem ‚Seegespenst' und keinem ‚Vitzliputzli' – bin ich Ihnen, wie mir scheint, doch voraus. Dies Gedicht heißt die ‚Gottesmauer', und ich hab' es bei unserm Hohen-Cremmner Pastor vor vielen, vielen Jahren, als ich noch ganz klein war, auswendig gelernt." „Gottesmauer", wiederholte Crampas. „Ein hübscher Titel, und wie verhält es sich damit?"

„Eine kleine Geschichte, nur ganz kurz. Da war irgendwo Krieg, ein Winterfeldzug, und eine alte Witwe, die sich vor dem Feinde mächtig fürchtete, betete zu Gott, er möge doch ‚eine Mauer um sie bauen', um sie vor dem Landesfeinde zu schützen. Und da ließ Gott das Haus einschneien, und der Feind zog daran vorüber."

Crampas war sichtlich betroffen und wechselte das Gespräch.

Als es dunkelte, waren alle wieder in der Oberförsterei zurück.

Aus: Effi Briest

Alles wirkte herrschaftlich

Zum Weihnachtskaffee in der Oberförsterei

Gleich nach sieben ging man zu Tisch, und alles freute sich, dass der Weihnachtsbaum, eine mit zahllosen Silberkugeln bedeckte Tanne, noch einmal angesteckt wurde. Crampas, der das Ringsche Haus noch nicht kannte, war helle Bewunderung. Der Damast, die Weinkühler, das reiche Silbergeschirr, alles wirkte herrschaftlich, weit über oberförsterliche Durchschnittsverhältnisse hinaus, was darin seinen Grund hatte, dass Rings Frau, so scheu und verlegen sie war, aus einem reichen Danziger Kornhändlerhause stammte. Von da her rührten auch die meisten der ringsumher hängenden Bilder: der Kornhändler und seine Frau, der Marienburger Remter und eine gute Kopie nach dem berühmten Memling'schen Altarbilde in der Danziger Marienkirche. Kloster Oliva war zweimal da, einmal in Öl und einmal in Kork geschnitzt. Außerdem befand sich über dem Büfett ein sehr nachgedunkeltes Porträt des alten Nettelbeck, das noch aus dem bescheidenen Mobiliar des erst vor anderthalb Jahren verstorbenen Ring'schen Amtsvorgängers herrührte. Niemand hatte damals, bei der wie gewöhnlich stattfindenden Auktion, das Bild des Alten haben wollen, bis Innstetten, der sich über diese Missachtung ärgerte, darauf geboten hatte. Da hatte sich denn auch Ring patriotisch besonnen, und der alte Kolbergverteidiger war der Oberförsterei verblieben.

Das Nettelbeckbild ließ ziemlich viel zu wünschen übrig; sonst aber verriet alles, wie schon angedeutet, eine beinahe an Glanz streifende Wohlhabenheit, und dem entsprach denn auch das Mahl, das auf getragen wurde. Jeder hatte mehr oder weniger seine Freude daran, mit Ausnahme Sidoniens. Diese saß zwischen Innstetten und Lindequist und sagte, als sie Coras ansichtig wurde: „Da ist ja wieder dies unausstehliche Balg, diese Cora. Sehen Sie nur, Innstetten, wie sie die kleinen Weingläser präsentiert, ein wahres Kunststück, sie könnte jeden Augenblick Kellnerin werden. Ganz unerträglich. Und dazu die Blicke von Ihrem Freunde Crampas! Das ist so die rechte Saat! Ich frage Sie, was soll dabei herauskommen?"

Innstetten, der ihr eigentlich zustimmte, fand trotzdem den Ton, in dem das alles gesagt wurde, so verletzend herbe, dass er spöttisch bemerkte: „Ja, meine Gnädigste, was dabei herauskommen soll? Ich weiß es auch nicht" – worauf sich Sidonie von ihm ab- und ihrem Nachbar zur Linken zuwandte: „Sagen Sie, Pastor, ist diese vierzehnjährige Kokette schon im Unterricht bei Ihnen?"

„Ja, mein gnädigstes Fräulein."

„Dann müssen Sie mir die Bemerkung verzeihen, dass Sie sie nicht in die richtige Schule genommen haben. Ich weiß wohl, es hält das heutzutage sehr schwer, aber ich weiß auch, dass die, denen die Fürsorge für junge Seelen obliegt, es vielfach an dem rechten Ernste fehlen lassen. Es bleibt dabei, die Hauptschuld tragen die Eltern und Erzieher."

Lindequist, denselben Ton anschlagend wie Innstetten, antwortete, dass das alles sehr richtig, der Geist der Zeit aber zu mächtig sei.

„Geist der Zeit!", sagte Sidonie. „Kommen Sie mir nicht damit. Das kann ich nicht hören, das ist der Ausdruck höchster Schwäche, Bankrotterklärung. Ich kenne das; nie scharf zufassen wollen, immer dem Unbequemen aus dem Wege gehen. Denn Pflicht ist unbequem. Und so wird nur allzu leicht vergessen, dass das uns anvertraute Gut auch mal von uns zurückgefordert wird. Eingreifen, lieber Pastor, Zucht. Das Fleisch ist schwach, gewiss; aber ..."

In diesem Augenblicke kam ein englisches Roastbeef, von dem Sidonie ziemlich ausgiebig nahm, ohne Lindequists Lächeln dabei zu bemerken. Und weil sie's nicht bemerkte, so durfte es auch nicht wundernehmen, dass sie mit vieler Unbefangenheit fortfuhr: „Es kann übrigens alles, was Sie hier sehen, nicht wohl anders sein; alles ist schief und verfahren von Anfang an. Ring, Ring – wenn ich nicht irre, hat es drüben in Schweden oder da herum mal einen Sagenkönig dieses Namens gegeben. Nun sehen Sie, benimmt er sich nicht, als ob er von dem abstamme? und seine Mutter, die ich noch gekannt habe, war eine Plättfrau in Köslin."

„Ich kann darin nichts Schlimmes finden."

„Schlimmes finden? Ich auch nicht. Und jedenfalls gibt es Schlimmeres. Aber so viel muss ich doch von Ihnen, als einem geweihten Diener der Kirche, gewärtigen dürfen, dass Sie die gesellschaftlichen Ordnungen gelten lassen. Ein Oberförster ist ein bisschen mehr als ein Förster, und ein Förster hat nicht solche Weinkühler und solch Silberzeug; das alles ist ungehörig und zieht dann solche Kinder groß wie dies Fräulein Cora."

Sidonie, jedes Mal bereit, irgendwas Schreckliches zu prophezeien, wenn sie, vom Geist überkommen, die Schalen ihres Zornes ausschüttete, würde sich auch heute bis zum Kassandrablick in die Zukunft gesteigert haben, wenn nicht in ebendiesem Augenblicke die dampfende Punschbowle – womit die Weihnachtsreunions bei Ring immer abschlossen – auf der Tafel erschienen wäre, dazu Krausgebackenes, das, geschickt übereinander getürmt, noch weit über die vor einigen Stunden aufgetragene Kaffeekuchenpyramide hinauswuchs. Und nun trat auch Ring selbst, der sich bis dahin etwas zurückgehalten hatte, mit einer gewissen strahlenden Feierlichkeit in Aktion und begann die vor ihm stehenden Gläser, große geschliffene Römer, in virtuosem Bogensturz zu füllen, ein Einschenkekunststück, das die stets schlagfertige Frau von Padden, die heute leider fehlte, mal als „Ring'sche Füllung en cascade" bezeichnet hatte. Rotgolden wölbte sich dabei der Strahl, und kein Tropfen durfte verloren gehen. So war es auch heute wieder. Zuletzt aber, als jeder, was ihm zukam, in Händen hielt – auch Cora, die sich mittlerweile mit ihrem rotblonden Wellenhaar auf „Onkel Crampas" Schoß gesetzt hatte –, erhob sich der alte Papenhagner, um, wie herkömmlich bei Festlichkeiten der Art, einen Toast auf seinen lieben Oberförster auszubringen. „Es gäbe viele Ringe", so etwa begann er, „Jahresringe, Gardinenringe, Trauringe, und was nun gar – denn auch davon dürfe sich am Ende wohl sprechen lassen – die Verlobungsringe angehe, so sei glücklicherweise die Gewähr gegeben, dass einer davon in kürzester Frist in diesem Hause sichtbar werden und den Ringfinger (und zwar hier in einem doppelten Sinne den Ringfinger) eines kleinen hübschen Pätschelchens zieren werde ..."

„Unerhört", raunte Sidonie dem Pastor zu.

„Ja, meine Freunde", fuhr Güldenklee mit gehobener Stimme fort, „viele Ringe gibt es, und es gibt sogar eine Geschichte, die wir alle kennen, die die Geschichte von den ‚drei Ringen' heißt, eine Judengeschichte, die, wie der ganze liberale Krimskrams, nichts wie Verwirrung und Unheil gestiftet hat und noch stiftet. Gott bessere es. Und nun lassen Sie mich schließen, um Ihre Geduld und Nachsicht nicht über Gebühr in Anspruch zu nehmen. Ich bin nicht für diese drei Ringe, meine Lieben, ich bin vielmehr für einen Ring, für einen Ring, der so recht ein Ring ist, wie er sein soll, ein Ring, der alles Gute, was wir in unserm altpommerschen Kessiner Kreise haben, alles, was noch mit Gott für König und Vaterland einsteht – und es sind ihrer noch einige (lauter Jubel) –, an diesem seinem gastlichen Tisch vereinigt sieht. Für diesen Ring bin ich. Er lebe hoch!"

Alles stimmte ein und umdrängte Ring, der, solange das dauerte, das Amt des ‚Einschenkens en cascade' an den ihm gegenübersitzenden Crampas abtreten musste; der Hauslehrer aber stürzte von seinem Platz am unteren Ende der Tafel an das Klavier und schlug die ersten Takte des Preußenliedes an, worauf alles stehend und feierlich einfiel: „Ich bin ein Preuße ... will ein Preuße sein."

„Es ist doch etwas Schönes", sagte gleich nach der ersten Strophe der alte Borcke zu Innstetten, „so was hat man in anderen Ländern nicht."

„Nein", antwortete Innstetten, der von solchem Patriotismus nicht viel hielt, „in anderen Ländern hat man was anderes."

Man sang alle Strophen durch, dann hieß es, die Wagen seien vorgefahren, und gleich darnach erhob sich alles, um die Pferde nicht warten zu lassen.

Aus: Effi Briest

Dann müssen wir repräsentieren

Auf Stechlin kündigt sich gräflicher Besuch an

Den Weihnachtsabend verbrachte Woldemar am Kronprinzenufer. Auch Wrschowitz und Cujacius – von denen jener natürlich unverheiratet, dieser wegen beständiger Streiterei von seiner Frau geschieden war – waren zugegen. Cujacius hatte gebeten, ein Krippentransparent malen zu dürfen, was denn auch, als es erschien, auf einen Nebentisch gestellt und allseitig bewundert wurde. Die drei Könige waren Porträts: der alte Graf, Cujacius selbst und Wrschowitz (als Mohrenkönig); Letzterer, trotz Wollhaar und aufgeworfener Lippe, von frappanter Ähnlichkeit. Auch in der Maria suchte man nach Anlehnungen und fand sie zuletzt; es war Lizzi, die, wie so viele Berliner Kammerjungfern, einen sittig verschämten Ausdruck hatte. Nach dem Tee wurde musiziert, und Wrschowitz spielte – weil er dem alten Grafen eine Aufmerksamkeit zu erweisen wünschte – die Polonäse von Oginski, bei deren erster, nunmehr um siebzig Jahre zurückliegenden Aufführung, einem alten on dit zufolge, der polnisch gräfliche Komponist im Schlussmomente sich erschossen haben sollte. Natürlich aus Liebe. „Brav, brav", sagte der alte Graf und war, während er sich beinah überschwänglich bedankte, so sehr aus dem Häuschen, dass Wrschowitz schließlich schelmisch bemerkte: „Den Piffpaffschluss muss ich mir versagen, Herr Graff, trotzdem meine Vererrung (Blick auf Armgard) serr groß ist, fast so groß wie die Vererrung des Herrn Grafen vor Graff Oginski."

So verlief der Heiligabend.

Schon vorher war man übereingekommen, am zweiten Feiertage zu dritt einen Ausflug nach Stechlin zu machen, um dort die künftige Schwiegertochter dem Schwiegervater vorzustellen. Noch am Christabend selbst, trotzdem Mitternacht schon vorüber, schrieb denn auch Woldemar einige Zeilen nach Stechlin hin, in denen er sich samt Braut und Schwägerin für den zweiten Feiertagabend anmeldete.

Rechtzeitig trafen Woldemars Zeilen in Stechlin ein.

„Lieber Papa. Wir haben vor, am zweiten Feiertage mit dem Spätnachmittagszuge von hier aufzubrechen. Wir sind dann um sieben auf dem Granseer Bahnhof und um neun oder nicht viel später bei dir. Armgard ist glücklich, dich endlich kennen zu lernen, den kennen zu lernen, den sie seit lange verehrt. Dafür, mein lieber Papa, hab' ich Sorge getragen. Graf Barby, der nicht gut bei Wege ist, was ihn hindert mitzukommen, will dir angelegentlich empfohlen sein. Desgleichen Gräfin Ghiberti, die uns als Dame d'honneur begleiten wird. Armgard ist in Furcht und Aufregung wie vor einem Examen. Sehr ohne Not. Kenn' ich doch meinen Papa, der die Güte und Liebe selbst ist. Wie immer dein Woldemar."

Engelke stand neben seines Herrn Stuhl, als dieser die Zeilen halblaut, aber doch in aller Deutlichkeit vorlas. „Nun, Engelke, was sagst du dazu?"

„Ja, gnäd'ger Herr, was soll ich dazu sagen. Es is ja doch, was man so 'ne ‚gute Nachricht' nennt."

„Natürlich is es 'ne gute Nachricht. Aber hast du noch nicht erlebt, dass einen gute Nachrichten auch genieren können?"

„Jott, gnäd'ger Herr, ich kriege keine."

„Na, denn sei froh; dann weißt du nicht, was ‚gemischte Gefühle' sind. Sieh, ich habe jetzt gemischte Gefühle. Da kommt nun mein Woldemar. Das is gut. Und da bringt er seine Braut mit, das is wieder gut. Und da bringt er seine Schwägerin mit, und das is wahrscheinlich auch gut. Aber die Schwägerin ist eine Gräfin mit einem italienischen Namen, und die Braut heißt Armgard, was doch auch schon sonderbar ist. Und beide sind in England geboren, und ihre Mutter war aus der Schweiz, von einer Stelle her, von der man nicht recht weiß, wozu sie gehört, weil da alles schon durcheinander geht. Und überall haben sie Besitzungen, und Stechlin ist doch bloß 'ne Kate. Sieh, Engelke, das is genierlich und gibt das, was ich ‚gemischte Gefühle' nenne."

„Nu ja, nu ja."

„Und dann müssen wir doch auch repräsentieren. Ich muss ihnen doch irgendeinen Menschen vorsetzen. Ja, wen soll ich ihnen vorsetzen? Viel is hier nich. Da hab' ich Adelheiden. Natürlich, die muss ich einladen, und sie wird auch kommen, trotzdem Schnee gefallen ist; aber sie kann ja 'nen Schlitten nehmen. Vielleicht ist ihr Schlitten besser als ihr Wagen. Gott, wenn ich an das Verdeck denke mit der großen Lederflicke, da wird mir auch nicht besser. Und dabei denkt sie, ‚sie is was', was am Ende auch wieder gut is, denn wenn der Mensch erst denkt, ‚es is gar nichts mit ihm', dann is es auch nichts."

„Und dann, gnäd'ger Herr, sie is ja doch 'ne Domina und hat 'nen Rang. Und ich hab' auch mal gelesen, sie sei eigentlich mehr als ein Major."

„Na, jedenfalls ist sie mehr als ihr Bruder; so'n vergessener Major is ein Jammer. Aber Adelheid selbst, so aufn ersten Anhieb, is auch bloß soso. Wir müssen jedenfalls noch wen dazu haben. Schlage was vor. Baron Beetz und der alte Zühlen, die die besten sind, die wohnen zu weit ab, und ich weiß nicht, seit wir die Eisenbahnen haben, laufen die Pferde schlechter. Oder es kommt einem auch bloß so vor. Also die guten Nummern fallen aus. Und da sind wir denn wieder bei Gundermann."

„Ach, gnäd'ger Herr, den nich. Un er soll ja auch so zweideutig sein. Uncke hat es mir gesagt; Uncke hat freilich immer das Wort ‚zweideutig'. Aber es wird wohl stimmen. Un dann die Frau Gundermann. Das is 'ne richtige Berlinsche. Verlass is auf ihm nich und auf ihr nich."

„Ja, Engelke, du sollst mir helfen und machst es bloß noch schlimmer. Wir könnten es mit Katzler versuchen, aber da ist das Kind krank, und vielleicht stirbt es. Und dann haben wir natürlich noch unsern Pastor; nu der ginge, bloß dass er immer so still dasitzt, wie wenn er auf den Heiligen Geist wartet. Und mitunter kommt er; aber noch öfter kommt er nicht. Und solche Herrschaften, die dran gewöhnt sind, dass einer in einem fort was Feines sagt, ja, was sollen die mit unserm Lorenzen? Er ist ein Schweiger."

„Aber er schweigt doch immer noch besser, als die Gundermannsche red't."

„Das is richtig. Also Lorenzen, und vielleicht, wenn das

Kind sich wieder erholt, auch Katzler. Ein Schelm gibt mehr, als er hat. Und dann, Engelke, solche Damen, die überall rum in der Welt waren, da weiß man nie, wie der Hase läuft. Es ist möglich, dass sie sich für Krippenstapel interessieren. Oder höre, da fällt mir noch was ein. Was meinst du zu Koseleger?“

„Den hatten wir ja noch nie.“

„Nein, aber Not lehrt beten. Ich mache mir eigentlich nicht viel aus ihm, indessen is und bleibt er doch immer ein Superintendent, und das klingt nach was. Und dann war er ja mit ’ner russischen Großfürstin auf Reisen, und solche Großfürstin is eigentlich noch mehr als ’ne Prinzessin. Also sprich mal mit Kluckhuhn, der soll ’nen Boten schicken. Ich schreibe gleich ’ne Karte.“

Katzler sagte ab oder ließ es doch unbestimmt, ob er kommen könne, Koseleger dagegen, was ein Glück war, nahm an, und auch Schwester Adelheid antwortete durch den Boten, den Dubslav geschickt hatte: „dass sie den zweiten Feiertag in Stechlin eintreffen und so weit wie dienlich und schicklich nach dem Rechten sehen würde“. Adelheid war in ihrer Art eine gute Wirtin und stammte noch aus den alten Zeiten, wo die Damen bis zum „Schlachten“ und „Aalabziehen“ herunter alles lernten und alles konnten. Also nach dieser Seite hin entschlug sich Dubslav jeder Befürchtung. Aber wenn er sich dann mit einem Male vergegenwärtigte, dass es seiner Schwester vielleicht in den Sinn kommen könne, sich auf ihren Uradel oder auf die Vorzüge sechshundertjähriger märkischer „Eingesessenheit“ zu besinnen, so fiel alles, was er sich in dem mit Engelke geführten Gespräch an Trost zugesprochen hatte, doch wieder von ihm ab. Ihm bangte vor der Möglichkeit einer seitens seiner Schwester „aufgesetzten hohen Miene“ wie vor einem Gespenst, und desgleichen vor der Kostümfrage. Wohl war er sich, ob er nun seine rote Landstandsuniform oder seinen hochkragigen schwarzen Frack anlegte, seiner eignen altmodischen Erscheinung voll bewusst, aber nebenher, was seine Person anging, doch auch wieder einer gewissen Patriarchalität. Einen gleichen Trost konnt’ er dem äußern Menschen seiner Schwester Adelheid nicht entnehmen. Er wusste genau, wie sie kommen würde: schwarzes Seidenkleid, Rüsche mit kleinen Knöpfelchen oben und die Sieben-Kurfürsten-Brosche. Was ihn aber am meisten ängstigte, war der Moment nach Tisch, wo sie, wenn sie sich einigermaßen behaglich zu fühlen anfing, ihre Wutzer Gesamtchaussure auf das Kamingitter zu stellen und die Wärme von unten her einzusaugen pflegte.

Gleich nach sieben trafen Woldemar und die Barby'schen Damen auf dem Granseer Bahnhof ein und fanden Martin und den Stechlin'schen Schlitten vor, Letzterer insoweit ein Prachtstück, als er ein richtiges Bärenfell hatte, während andrerseits Geläut und Schneedecken und fast auch die Pferde mehr oder weniger zu wünschen übrig ließen. Aber Melusine sah nichts davon und Armgard noch weniger. Es war eine reizende Fahrt; die Luft stand, und am stahlblauen Himmel oben blinkten die Sterne. So ging es zwischen den eingeschneiten Feldern hin, und wenn ihre Kappen und Hüte hier und dort die herniederhängenden Zweige streiften, fielen die Flocken in ihren Schlitten. In den Dörfern war überall noch Leben, und das Anschlagen der Hunde, das vom nächsten Dorf her beantwortet wurde, klang übers Feld. Alle drei Schlitteninsassen waren glücklich, und ohne dass sie viel gesprochen hätten, bogen sie zuletzt, eine weite Kurve machend, in die Kastanienallee ein, die sie nun rasch, über Dorfplatz und Brücke fort, bis auf die Rampe von Schloss Stechlin führte. Dubslav und Engelke standen hier schon im Portal und waren den Damen beim Aussteigen behilflich. Beim Eintritt in den großen Flur war für diese das Erste, was sie sahen, ein mächtiger, von der Decke herabhängender Mistelbusch; zugleich schlug die Treppenuhr, deren Hippenmann wie verwundert und beinah verdrießlich auf die fremden Gäste herniedersah. Viele Lichter brannten, aber es wirkte trotzdem alles wie dunkel. Woldemar war ein wenig befangen, Dubslav auch. Und nun wollte Armgard dem Alten die Hand küssen. Aber das gab diesem seinen Ton und seine gute Laune wieder. „Umgekehrt wird ein Schuh draus."

„Und zuletzt ein Pantoffel", lachte Melusine.

Aus: Der Stechlin

Wie klein ist doch die Welt

Eine vorweihnachtliche Fahrt in ein märkisches Dorf

Eine Wanderung nach Malchow, so kurz sie ist, gliedert sich nichtsdestoweniger in drei streng geschiedene Teile: Omnibusfahrt bis auf den Alexanderplatz, Pferdebahn bis Weißensee, und per pedes apostolorum bis nach Malchow selbst. Und so vollzog es sich auch. Auf dem Alexanderplatz regierten bereits die fliegenden Söhlkes mit dem „Schäfchen“ und dem „Schaukelmann“, dessen Birnen sich noch gerade so gelb und rot gesprenkelt zeigten wie vor fünfzig Jahren in den Tagen meiner eigenen Kindheit; in dem Pferdebahnwagen aber, in den ich einstieg, war es, als wäre der Weihnachtsmann mit oder vor mir eingestiegen und gedenke seinen Einzug in Weißensee zu halten. Alle Plätze voller Kinder mit ihren Schulmappen auf dem Rücken, und hinten und vorn im Wagen, und vor allem obenauf, ganze Büsche von Weihnachtsbäumen. Das war das Vergnügen an der Fahrt, viel vergnüglicher als die Vergnügungslokale, die mit ihren grasgrünen Staketenzäunen halbverschneit am Wege lagen.

Endlich hielten wir am Ende des Dorfes und der Umspannungsmoment war nun für mich da: Schusters Rappen musst' aus dem Stall. Er war's auch zufrieden, und willig und guter Dinge zog ich „fürbass“, unangefochten von der Öde der Landschaft. Aus den Schneemassen, die die Felder zu beiden Seiten deckten, wuchsen nur ein paar vertrocknete Grashalme auf und zitterten im Winde, während die Chausseepappeln wie nach oben gekehrte Riesenbesen dastanden. Aber so trist und öde die Landschaft war, so voller Leben war die große Straße darauf ich ging, denn in langer Reihe folgten sich die Gespanne, die von den benachbarten Seen her hochaufgetürmte Eismassen zur Stadt fuhren.

„Nach Malchow?“, fragt' ich, um mich des Weges zu vergewissern.

„Joa; 't nächste Dörp.“

Und in der Tat, nicht lange so wurd auch der kurze Laternenturm zwischen den Pappelweiden sichtbar und unter einem Schlagbaume fort, der hier noch aus den Tagen der Hebestellen her sein Dasein fristete, hielt ich meinen Einzug.

„Wo wohnt der Lehrer?"

Ein junges Frauenzimmer, an das ich die Frage gerichtet hatte, trat mit einer für märkische Verhältnisse bemerkenswerten Raschheit von der Hausschwelle her auf den Damm und sagte: „Da; das rote Haus."

„Gegenüber der Kirche?"

„Ja."

Und damit schloss unser Gespräch. Ich dankte für gütigen Bescheid und schritt auf das rote Haus zu, freudig gehoben in meinem Gemüt und wie Ibykus „des Gottes voll". Nicht gerade von Liedern, aber doch von Hoffnungen und Bildern. Ich sah schon die verfallene Grufttreppe samt den drei Särgen vor mir und las dem alten Minister seine mit ins Grab genommenen Geheimnisse von der Stirn herunter. Entdeckungen schossen auf wie die Knospen nach einem Frühlingsregen.

Und so stand ich vor maison rouge.

„Kann ich den Herrn Kantor sprechen?"

Ich griff absichtlich nach dieser höheren Titulatur.

Ein Hin- und Herlaufen entstand infolge meiner Frage, zuletzt aber erschien ein kleiner Herr mit intelligenten Augen und milzfarbenem Teint, um nach meinem Begehr zu fragen.

„Es handelt sich für mich", hob ich, den Hut ziehend, mit aller mir zuständigen Artigkeit an, „um den Staatsminister von Fuchs. In der Gruft Ihrer Kirche …"

„Ist zugeschüttet."

Ich war einen Augenblick decontenanciert, mehr noch durch den Ton als durch den Inhalt dieser zwei Donnerworte. Wer aber weiß, dass das Menschenherz nicht gerne von Lieblingsvorstellungen lässt und nach dem Hinschwinden von Dingen und Ereignissen sich schließlich auch mit Betrachtung ihres bloßen Schauplatzes zufrieden gibt, der wird es begreiflich finden, dass ich nicht ohne Weiteres das Feld zu räumen Lust hatte. Konnt' ich nicht die Gruft haben, so wollt' ich wenigstens die Gruftstelle haben, und so rekolligiert' ich mich und sagte: „Wie schade. Dann bitt' ich Sie, mir wenigstens die Kirche zeigen zu wollen."

„Ich kann nur wiederholen", klang es jetzt unter immer sichtbarer werdenden Zeichen von Ungeduld, „dass die Gruft zugeschüttet ist. In der Kirche selbst befindet sich nichts. Ein Besuch würde mithin ohne Resultat für Sie verlaufen. Auch hab' ich Schule."

„Sie missverstehen mich. Es liegt mir fern, Sie persönlich inkommodieren zu wollen. Aber ich komme bei Wind und Wetter von Berlin und bitte Sie deshalb mir durch irgendjemand die Kirchentür aufschließen zu lassen."

„Durch wen?"

„Vielleicht durch ein Kind oder eine Magd."

„Hab ich nicht."

Und nach dieser Schlussbemerkung zog er sich intelligenter und milzfarbener als vorher in seine Schulstube zurück.

Mein Erstes war ein heißes Dankgefühl dafür, zu keiner Zeit, am wenigsten aber in der jetzigen, auf der Malchower Schulbank gesessen zu haben; mein zweites: Hass und Rache. Die ganze Reihe der Schulmeister durchgehend, deren Bekanntschaft ich in Leben oder Dichtung je gemacht hatte, konnt' ich doch keinen finden, der mir – mit alleiniger Ausnahme des maitre d'ecole in den „Geheimnissen von Paris" – gleich verabscheuungswürdig erschienen wäre. Ja, meine Neigung zu generalisieren und vom Einzelfall aufs Ganze zu gehen, ließ mich augenblicks wieder die Frage stellen, ob ein solches, aus bloßem verschrobenen Dünkel hervorgegangenes Benehmen unter andern Völkern überhaupt möglich sei? „Nein", sagt' ich mir, „unter den Romanen gewiss nicht." Aber inmitten all meiner Verwünschungen musst' ich doch plötzlich der Auslassungen eines alle Wechselfälle des Lebens unter die statistisch-philosophische Lupe nehmenden Freundes gedenken, der mir einmal gesagt hatte: „Sehen Sie, Freund, auch in den Zufällen und Unglücksfällen waltet ein Gesetz. So verfolg' ich beispielsweise die Theaterbrände. Alle fünfzehn Jahre brennt ein großes Theater ab. Nicht öfter, aber auch nicht weniger oft." Und nun entsann ich mich des wenigstens für mich kaum minder interessanten und kaum minder wichtigen Punktes, gerade fünfzehn Jahre lang immer nur an freundliche Schulhäuser angeklopft zu haben. Was war es denn also groß? Der Ausnahmefall war in sein geheimnisvolles Recht getreten; das Gesetz vollzog sich. Die fünfzehn Jahre waren um, und mein „Theaterbrand" war da. Das gab mir die gute Laune wieder, und ich beschloss „in Sachen der Gruft" einfach an die höhere Instanz des Pfarrhauses zu appellieren.

Wenige Schritte führten mich auf den Hof desselben. Ein kleiner braunhaariger, übrigens ebenfalls intelligent aussehender Spitz, der um meine Stiefelschäfte herumbiss, ließ mich anfänglich in erzitterndem Herzen eine Wiederholung der Schulhausszene fürchten, aber kaum dass ich an dem kleinen, seiner dienstlichen Pflicht etwas zu streng obliegenden Wachtposten vorüber war, als mich auch schon das selten täuschende Gefühl durchdrang, in einen guten und sichern Hafen eingelaufen zu sein. Der Pfarrflur, des nahen Festes halber, war in eine große Plättkammer umgewandelt worden, in der eben die Bügeleisen überbreite Gardinenflächen geschäftig hin und her gingen und den Raum mit einem warmen Wrasen füllten. Alles wirtschaftlich und wohltuend, vor allem auch die Temperatur. Ich fragte nach dem Pfarrer und schickte meine Karte hinein. Sehr bald kam Antwort, dass er beim Konfirmandenunterricht sei, mich aber bitten lasse, derweilen in sein Zimmer einzutreten. Und hier war ich denn nun und wartete.

Unter Umständen nichts angenehmer als solche Warte-Viertelstunden, in denen man die Geschichte des Hauses oder den Charakter seiner Bewohner von den Wänden liest. Denn nichts spricht deutlicher als Zimmereinrichtungen und selbst die nichtssagenden und modisch-indifferenten machen keine Ausnahme. Sie weisen dann eben auf nichts sagende und modisch-indifferente Leute hin. In der Studierstube zu Malchow aber war nichts indifferent, und die Grecborte der Gardinen, der gotisch geschnitzte Schlüsselkasten mit Bild und Spruch, dazu der über dem Sofa thronende Thorwaldsen'sche Christus inmitten der abgestuften Schar seiner Jünger, alles stimmte zu den hohen Bücherregalen, auf denen die theologischen und die Fritz Reuter'schen Schriften in aller Friedlichkeit beisammenstanden. Und dazu die Kreuzzeitung auf dem Tisch, und ein Luftton, in welchem die Morgenzigarre nachdämmerte. Das märkische Pfarrhaus in seiner anspruchslosen und doch zugleich von Kunst und Schönheit leise berührten Behaglichkeit hatte nie lebendiger zu mir gesprochen.

Und so sollt' ich's bestätigt finden. Eine halbe Stunde später und der freundliche Pfarrer und seine noch freundlichere Frau saßen mit mir um den Kaffeetisch, und wieder noch ein Weilchen und jener bekannte Begegnungspunkt war gefunden, wo plötzlich von sieben Seiten her alle Wege zusammenlaufen und man nur noch verwundert ist, sich nicht vorher schon getroffen und die Hände geschüttelt zu haben. Und dazu die tiefere Lebensbetrachtung: „Wie klein ist doch die Welt."

Ich glaube fast, ich war es selbst, der sich bis zu diesem Satze verstieg, und wer weiß, welche weiteren Stufen der Erkenntnis und Weisheit ich noch erklommen hätte, wenn nicht der Pfarrer eben jetzt auf die hinter den kahlen Kirschbäumen niedergehende Sonne gedeutet und mich dadurch an den Kirchgang und die v. Fuchs'sche Familiengruft erinnert hätte. So verabschiedeten wir uns denn bei der Frau Pfarrin und schlugen einen Richtweg ein, der uns erst über Gartenbeete, dann über verschneite Gräber fort bis an einen Seiteneingang der Kirche führte. Und nun öffnete sich die Tür und der Zugwind trieb über unsere Köpfe weg einen breiten Schneestreifen in die Kirche hinein. Ein fahles Rot stand noch in den Scheiben, gerade hell genug, um uns alles rundum erkennen zu lassen. Die Wände zeigten sich frisch getüncht, Orgel und Altar blank, und die Pfeiler mit vielen Bibelsprüchen bedeckt, aber das erste

Gefühl, das ich angesichts dieser Herrlichkeit hatte, war doch das einer gewissen Beschämung und einer halben Aussöhnung mit dem maitre d'ecole drüben. „Ihr Besuch würde resultatlos verlaufen", waren seine gebildeten Worte gewesen, und er schien recht behalten zu sollen.

Es mochte sich etwas von Enttäuschung in meinem Gesichte spiegeln, weshalb der Prediger, als wir den Mittelgang halb hinauf waren, in freundlichstem Tone zu mir sagte: „hier war die Gruft."

Ich meinerseits hielt es für angezeigt, dieser Freundlichkeit durch eine gleiche zu begegnen, und erwiderte: „Ja, hier muss es gewesen sein. Man kann noch deutlich die neuen Fliesen von den alten unterscheiden." Eigentlich aber war es nicht der Fall.

„Und", fuhr der Prediger fort: „hier war auch das Fuchssche Wappen." Und dabei wies er mit dem Zeigefinger auf einen Punkt in der Luft, etwa vier Fuß hoch über der Brüstung eines niedrigen Chorstuhls. Es hatte durchaus etwas Gespenstisch-Visionäres, wie wenn Macbeth den Dolch sieht, und das bestimmt ausgesprochene „hier" ließ mich auf eine Sekunde ganz ernsthaft nach der Erscheinung suchen. Aber es blieb alles unsichtbar und ich fröstelte nur noch die Frage heraus: „Dies ist also alles?"

„Ich fürchte, ja. Wenn Sie sich nicht vielleicht für einen Spruch interessieren, den des alten Johann Porsts Nachfolger an die Sakristeitür geschrieben hat."

„O, ich interessiere mich sehr für Sprüche ..." Und so las ich denn:

Printz Markgraff Ludewig
Stiff't hier zu Gottes Ehren
Kirch'fenster, Sakristei
Nebst zweien neuen Chören.
Gott sei sein Schild, sein Lohn,
Sein Schutz, sein Eigenthum,
Er lass es feste stehn.
Zu seinem ewgen Ruhm.

Das Feuer, das aus diesem Spruch auflohte, schien mir unausreichend die Kirchentemperatur zu verbessern, und so schlug ich einen raschen Rückzug an die Herdplätze menschlicher Wohnungen vor. Der Pfarrer schien von demselben Verlangen erfüllt, und ehe fünf Minuten um waren, waren wir wieder daheim und stampften auf der Strohmatte seines Flurs den Schnee von unseren Füßen.

Drinnen brannte jetzt Licht, aus der Nebenstube drangen Kinderstimmen und vom Flur her hörten wir das Klappern der Plätteisen, wenn neue Bolzen eingeschüttet wurden. An Wand und Decke hin aber huschten die Schatten der draußen an unserem Fenster Vorbeipassierenden. Der Thorwaldsen'sche Christus über dem Sofa schien in dem Widerspiel von Licht und Schatten zu wachsen und während die Gestalten seiner Jünger mehr und mehr zurücktraten, war es, als stünd' er freundlich segnend uns zu Häupten, der gute Hirt einer allerkleinsten Gemeinde. Die Kreuzzeitung war inzwischen sorgfältig zusammengefaltet worden und statt ihrer lag das Malchower Kirchenbuch auf dem Tisch. Es waren Blätter von 1698 bis 1704, die wir nun überflogen, um vielleicht an der Hand des alten Porst, damaligen Predigers zu Malchow, einen Blick in die von Fuchs'sche Herrschaft jener Epoche tun zu können. Aus allem ging hervor, dass es der alte Gesangbuchmann mit Predigt und Seelsorge sehr ernst genommen haben musste, was aber die Fuchsiana betraf, so schien uns leider auch diese Quelle versagen zu wollen. Ich beschloss deshalb auch vor dem Letzten nicht zurückzuschrecken und die Taufregister auf Namen und Titel hin gewissenhaft durchzulesen. Und siehe da, der Mosesstab, der den Quell aus dem Stein weckt, war auf der Stelle gefunden. Es tröpfelte zwar nur, aber die Kühle frischen Wassers labte doch meine Zunge. Sieben Jahre lang hatte Johannes Porst an eben dieser Stelle fungiert und in jedem dieser sieben Jahre siebenmal getauft; – auch darin also vollzog sich ein Gesetz. Und als ich nun mit allen 49 Taufen glücklich durch war, kannt' ich Malchow in seinem damaligen Besitz- und Personalbestande so genau, wie wenn ich ein Katasterbeamter unter

König Friedrich I. oder wohl gar der Dorfschulmeister von Anno 1704 gewesen wäre. Denn die Malchower, kluge Leute schon damals, hatten sich in den seltensten Fällen bei der Auswahl ihrer Paten auf sich und ihresgleichen beschränkt, sondern waren immer bestrebt gewesen, in den christlichen Schutz des Herrenhauses, am liebsten und häufigsten in den des Beamten- und Dienstpersonals zu treten. Aus der Reihe der betreffenden Personen aber mögen hier, unter Anlehnung an die Taufregister, folgende Namen und Titulaturen stehn: Herr Schlichting, „Lustgärtner"; Monsieur Ernst, Lakai bei des Freiherrn von Fuchs Exzellenz; Monsieur Abraham Luckold, Koch bei Sr. Exzellenz; Monsieur Peter Schnitze, Kammerdiener bei Sr. Exzellenz; Mademoiselle Johanna Zollikoferin, Kammermädchen bei Madame la Baronne de Fuchs; Jungfer Anna Dorothea Philitzin, Mädchen bei der Freifrau v. Fuchs; Jungfer Anna Maria Löschin, Mädchen bei der Frau Baronin. Alle diese Personen finden sich wiederholentlich. Der eigentlich große Taufakt jener Epoche scheint aber der im Hause des Dorfkrügers gewesen zu sein. Hier begegnen wir allen möglichen „großen Namen" aus der Zeit von 1698 bis 1704. Und zwar: Paul Freiherr von Fuchs, Geheimer Etats- und Kriegsrat; Baron von Hertefeld, Oberforstmeister in Cleve; Johann Paul Freiherr v. Fuchs, Hof- und Ravensbergischer Appellationsgerichtsrat; Madame Louise de Fuchs, nee de Friedeborn; Madame la Baronne de Hertefeld, nee de Bozelar; Madame de Fuchs nee Bozelar. Nehmen wir noch die sich an andrer Stelle findenden Namen der Frau von Barfus aus dem benachbarten Blankenburg, der Frau Apotheker Zornin aus Berlin und des Christoph Hammer, Leibkutschers bei Seiner Durchlaucht dem Markgrafen Albrecht von Brandenburg hinzu, so wird es uns unschwer gelingen, ein Bild des Malchower Lebens aus seinen historischen sieben Jahren aufzubauen. Es waren eben Umgangs- und Gesellschaftsformen, auf die genau die Schilderung passt, die F. v. Salpius in seiner eingangs erwähnten Paul v. Fuchs'schen Monographie von dem Leben der damaligen regierenden Klassen entworfen hat.

„Man kann“, so schreibt er, „von den brandenburgischen Landen jener Epoche behaupten, dass die Regierenden zu den Besitzenden gehörten und dass die Besitzenden wiederum in der Regierung saßen. Die Mitglieder des geheimen Rates scheinen durchgängig im Wohlstande gewesen zu sein. Der Wege zu solchem gab es, abgesehen von Geburt und Heirat, verschiedene: Ausstattung mit heimgefallenen Lehngütern seitens des Kurfürsten, so genannte Dotationen; in andern Fällen bedeutender Kriegsgewinn (wie denn beispielsweise dem General v. Schöning eine auf 40 000 Taler Lösegeld zu veranschlagende Anzahl gefangener Juden zufiel) und endlich Vereinigung mehrerer Ämter in einer Person. So bezog Fuchs, als Oberpostdirektor, eine jährliche Zulage zu seinem anderweitigen Gehalt und außerdem den zwanzigsten Teil aller in Berlin aufkommenden Postgelder. Aus eben diesen Erträgen war es, dass er in den Besitz von Malchow gelangte.“

So F. v. Salpius. Und noch eingehender dann an anderer Stelle: „Der höhere Staatsdienst, und zwar aus den vorangeführten Gründen, war ein mehr lohnender Beruf als jetzt, und die Geheimräte vergaßen über den staatlichen Interessen nicht die ihrigen. Dazu gewährte der Fürsten- und Staatsdienst ein größeres Ansehen als heutzutage, wo der Ehrgeiz auch anderweitig sein Feld der Betätigung findet. Aber mit der Wahrnehmung des eigenen Vorteils ging doch immer zugleich auch die strengste Pflichterfüllung Hand in Hand. Sie lebten, wie der Große Kurfürst selbst, der Überzeugung, dass sie vor allem zur Erhaltung der Machtstellung des Staates das Ihrige beizutragen hätten. Neben diesem Zuge springt vor allem ihre Vielseitigkeit und Findigkeit ins Auge. Dieselbe ruhte zum Teil auf der verhältnismäßigen Einfachheit der damaligen Zustände, nicht minder aber auf ihrer persönlichen Vorbildung, Spannkraft und Beweglichkeit. Die Mitglieder des geheimen Rats hatten schon als Jünglinge auf Reisen mannigfache Kenntnisse gesammelt; im Staatsdienste tummelten sie sich bald hier bald dort, arbeiteten sich bald in dieses, bald in jenes Fach ein. Das bewahrte sie vor jeder geistigen Verkümmerung, sie blieben stets frisch und erfreuten sich fast immer eines guten Humors. Hierfür sprechen ihre lebensvollen, mit anschaulichen Bildern durchwobenen amtlichen Berichte und Reden, welche den Charakter der Ursprünglichkeit, oft den der Naivität tragen. Ihren Gemeinsinn bewiesen sie nicht nur durch treue Arbeit, sondern auch als fröhliche Geber. In ihrer Heimat, in der Gemeinde ihres Wohnorts oder Gutes, verwandten sie beträchtliche Summen für gemeinnützige Zwecke. Der Feldmarschall von Sparr baute Kirchen und Türme, schenkte Glasmalereien und Glocken, Derfflinger ließ eine stattliche Dorfkirche aufführen, der ältere Schwerin tat ein Gleiches. Joachim Ernst v. Grumbkow gründete ein Kloster für zwölf Jungfrauen, der jüngere Jena bestimmte 60 000 Taler für ein Fräuleinstift und ein Hospital. Ähnlich verfuhr auch unser Paul v. Fuchs. Er ließ in Malchow ein Predigerwitwen-, sowie ein Armen- und Waisenhaus herstellen."

Ob diese Stiftungen noch existieren, hab' ich an Ort und Stelle nicht in Erfahrung gebracht.

Der Abend war mittlerweile hereingebrochen und mein freundlicher Wirt begleitete mich eine gute Strecke, bis die Lichter von Weißensee hell auf meinen Weg fielen. Dann schieden wir, hoffentlich nicht für immer, und abermals anderthalb Stunden später lagen die Schneefelder und die grünen Staketenzäune, la maison rouge und der maitre d'ecole, das warme Pfarrhaus und die kalte Kirche, die Grecborten und das gespenstische Wappen derer v. Fuchs – alles traumhaft hinter mir.

Ein entzückender Tag. Die Gruft hatte nichts herausgegeben, aber das Leben hatte bunt und vielgestaltig zu mir gesprochen.

Und das bedeutet das Beste.

Aus: Wanderungen durch die Mark Brandenburg. Zweiter Band.

An Friedrich Fontane

Berlin, d. 23. Dezember 1884.

Mein lieber Friedel,

Mamas Weihnachtskiste ist hoffentlich schon in Deinen Händen, und von mir sollen dir wenigstens die herzlichsten Wünsche nicht fehlen. Ich denke mir, dass Du morgen, den Tag über, noch viel zu tun haben und den Abend halb bei Deinem Chef, halb bei Baltzens (denen wir uns angelegentlichst empfehlen) zubringen wirst. Wo's aber auch sei, sei heiter und vergnügt und nimm teil an der Freude der andern. Dabei fällt dann immer auch etwas eigne Freude ab.

Hier sieht es leidlich aus; das polnische Mädchen, das wir haben, befriedigt zwar nur unvollkommen, aber als Polin kann sie wenigstens Karpfen kochen, was ja in der Weihnachtszeit etwas bedeutet. Gestern hat sie sich dadurch in momentane Gunst hineingekocht. George ist seit drei Tagen hier und in ganz guter Stimmung; heute Abend übersiedelt er in die kleine Stube von Mutter Kerckow. Mete war, solange George hier ist, bei M.s; heute Abend zieht sie wieder in ihr Stammquartier ein. Theo weiß noch immer nicht, wann sein Examen stattfinden wird; ich denke mir, Mitte Januar. Mama, trotzdem sie sich sehr quälen muss, ist ausreichend bei Wege; vorgestern war sie bei Wilhelm Hertz in der Behrenstraße und kam leidlich befriedigt wieder nach Hause. Von Steffens habe ich für ein paar Freunde einige Petöfy-Exemplare besorgt; das einzige bewährte Mittel zum Absatz meiner Bücher – ich muss sie selber kaufen. Julius Wolff ist in vier Wochen schon wieder bis an 12- oder 15 000 'ran; Gott gibt es den seinen im Schlaf. Und wer diese Höhe 'mal erreicht hat, der kann sie nie wieder ganz verlieren, auch wenn er das Dümmste schreibt. Es wird dann wohl etwas weniger und die 15 000 schrumpfen zu 10- und 5000 zusammen, aber eine gewisse Präponderanz bleibt für Lebenszeit. Nachher aber ist es egal, und in der Literaturgeschichte scheint die Sonne über Gerechte und Ungerechte; jeder kriegt seine zwei Zeilen.

Nochmals: habe einen frohen Tag, einen glücklichen Abend. Bei dem bekannten Sherrypunsch, wo wir Dich und deine Rede vermissen werden, werden wir Deiner in Liebe gedenken.

Wie immer dein alter

Papa.

Diesmal wird es eine Freude sein

Ein Weihnachtsabend in der Kindheit

Ich schloss das vorletzte (fünfzehnte) Kapitel mit einem glücklichen Erziehungsakt meines Vaters, mit einem nicht glücklichen meiner Mutter habe ich dies neue Kapitel zu beginnen.

Weihnachten rückte heran, und schon die ganze Woche vorher hieß es: „Aber diesmal wird es eine Freude sein … so was Schönes“, und wenn ich dann mehr wissen wollte setzte die gute Schröder hinzu: „Gerade, was du dir gewünscht hast … Die Mama ist viel zu gut, denn eigentlich seid ihr doch bloß Rangen.“ „Aber was is es denn?“ „Abwarten.“

Und so, fieberhaft gespannt, sahen wir dem Heiligabend entgegen. Endlich war er da. Wie herkömmlich verbrachten wir die Stunde vor der eigentlichen Bescherung in dem kleinen, nach dem Garten hinaus gelegenen Wohnzimmer meines Vaters, das absichtlich ohne Licht blieb, um dann den brennenden Weihnachtsbaum, den meine Mama mittlerweile zurechtmachte, desto glänzender erscheinen zu lassen. Mein Vater unterhielt uns, während dieser Dunkelstunde, so gut er konnte, was ihm jedes Mal blutsauer wurde. Denn wiewohl er unter Umständen, wie vielleicht nur allzu oft hervorgehoben, in reizendster Weise mit uns plaudern und uns durch freie Einfälle, die wir verstanden oder auch nicht verstanden, zu vergnügen wusste, so war er doch ganz unfähig, etwas einer bestimmten Situation Anzupassendes, also etwas für ihn mehr oder weniger Zwangsmäßiges, leicht und unbefangen zum Besten zu geben. Sonst ein so glücklicher Humorist, konnte er den richtigen Ton bei solchen Gelegenheiten nie treffen. Am Weihnachtsabend trat dies immer sehr stark hervor. Er sagte dann wohl zu sich selbst, fast als ob er sich auf eine richtige Stimmung hin präpariere: „Ja, das ist nun also Weihnachten ... An diesem Tage wurde der Heiland geboren ... ein sehr schönes Fest …“, und hinterher wiederholte er all diese Worte auch wohl zu uns und sah uns dabei mit zurechtgemachter Feierlichkeit an. Aber eigentlich schwankte er bloß zwischen Verlegenheit und Gelangweiltsein, und wenn dann zuletzt die Klingel der Mama das Zeichen gab und wir nach dreimaligem Ummarsch um einen kleinen runden Tisch und unter Absingung eines an Plattheit nicht leicht zu übertreffenden Verses:

„Heil, Heil, Heil,
Heil, dreifacher Segen,
Strahl, o heller Lichterglanz,
Unsrem Fest entgegen!"

über den Flur fort in das Vorderzimmer einmarschierten, war er, mein Vater, womöglich noch froher und erlöster als wir, die wir bis dahin doch bloß vor Ungeduld gelitten hatten.

So war es auch an dem hier zu schildernden Weihnachts-Abend wieder. Unser Einmarsch, unter Absingung obiger Strophe, war eben erfolgt, und verwirrt und befangen standen wir, auf den Baum starrend, um die Tafel herum, bis die Mama uns endlich bei der Hand nahm und sagte.: „Aber nun seht euch doch an, was euch der heilige Christ beschert hat. Hier das" – und diese Worte richteten sich speziell an mich –, „hier das unter der Serviette, das ist für dich und deinen Bruder. Nimm nur fort." Und nun zögerten wir auch nicht länger und entfernten die Servietten.

Was obenauf lag, weiß ich nicht mehr, vielleich zwei große Pfefferkuchenmänner oder Ähnliches, jedenfalls etwas, was uns enttäuschte. „Seht nur weiter", und nun nahmen wir, wie uns geheißen, auch das zweite Tuch ab. Ah, das verlohnte sich. Da lagen, gekreuzt, zwei schöne Korbsäbel, also genau das (die gute Schröder hatte recht gehabt), was wir uns so sehnlich gewünscht hatten. Und so stürzten wir denn auf die Mama zu, ihr die Hände zu küssen. Aber sie wehrte uns ab und sagte auch diesmal wieder: „Seht nur weiter", und in einem Aufregezustand ohnegleichen, denn was konnte es nach diesem Allerherrlichsten noch für uns geben, wurde nun auch die dritte Serviette fortgezogen. Aber, alle Himmel, was lag da! Ein aus weißem und rotem Leder geflochtener Rantschu, der damals, ich weiß nicht unter welcher sprachlichen Anlehnung, den Namen Perserik führte. Meine Mutter hatte erwartet, unsere Freude durch diese scherzhafte Behandlung des Themas gesteigert zu sehen. Aber nach der Freudenseite hin gingen meine Gedanken und Gefühle durchaus nicht. Ganz im Gegenteil. Ich war einfach außer mir und lief in den Garten hinaus, um da wieder zu mir selbst zu kommen, was freilich nicht glücken wollte. Die Weihnachtsfreude war hin, war an einem gut gemeinten, aber verfehlten Scherze gescheitert. Hatte ich unrecht? Ich glaube, nein. Jedenfalls, wie ich die Sache vor 60 Jahren ansah, so sehe ich sie noch heute an. Es lag diesem Einfall eine volle Wesens- und Charakterverkennung zu grunde. Für andere hätte es vielleicht gepasst, für mich nicht. Ich erinnere mich, vor vielen Jahren einmal in einem Bogumil Goltzschen Buche, das den Titel führte: „Aus meiner Kindheit“ (oder so ähnlich), gelesen zu haben, er, der Verfasser, sei jedes Mal glücklich gewesen, wenn der Perserik seiner Mutter aus aller Macht über ihn gekommen sei. „Um jeden Schlag schade, der vorbeiging.“ Natürlich kann auch nach diesem Prinzip erzogen werden, und ich will gern einräumen, dass dabei prächtige, urkräftige Jungen heranwachsen können, die für die Zukunft mehr Tüchtigkeit versprechen und dies Versprechen auch halten, als solch empfindsames, von allerhand Eitelkeiten beherrschtes Bürschchen, wie ich eines war. Aber wenn dies auch dreimal richtig wäre, so bliebe dieser Erziehungseinfall – denn etwas Erzieherisches sollte es im Letzten doch sein – in meinen Augen immer noch ebenso verfehlt. Ich konnte mich doch nicht plötzlich umwandeln; ich blieb, meinetwegen leider, genau derselbe Empfindung, der ich war, nichts an und in mir wurde besser, ich hatte nichts davon als eine Kränkung und ein verdorbenes Fest. Er gibt nun mal verschiedene Naturen, und wenn es geboten sein mag, schwächer Ausgestattete zu kräftigen und zu stählen, auch wenn es diesen zunächst wehe tut, so ist doch, von den sonstigen Schwierigkeiten der Sache ganz abgesehn, die Stunde, wo der Weihnachtsbaum angezündet wird, sicherlich nicht der Zeitpunkt dafür. Es soll an diesem Abend nicht erzogen, sondern erfreut werden, und der, dem diese Aufgabe zufällt und der sich ihr noch dazu freudig und liebevoll zu unterziehen trachtet, der muss sich doch notwendig die Frage vorlegen, ob der zu Erfreuende an dem, wodurch man ihn erfreuen will, auch wirklich eine Freude haben kann.

Überhaupt, der Abend, an dem dies spielte, war kein rechter Glücksabend.

Es gibt eine kleine Geschichte, die sich, wenn ich nicht irre, „Die Pantoffeln des Kasan“ betitelt. Gerade damals musste ich diese, die mutmaßlich aus Tausendundeiner Nacht herübergenommen war, aus meinem französischen Lesebuche übersetzen. Es handelt sich darin um ein Paar hübsche Pantoffeln, die jeder gern haben möchte; sobald er sie aber hat, bringen sie ihm bloß Unglück. Ähnlich erging es mir mit den Korbsäbeln – ich wollte sie haben, und als ich sie hatte, brach das Unheil über mich herein. Allerdings war mir bis zu Eintritt der eigentlichen Katastrophe noch eine kurze Frist gegönnt, während welcher ich mich – nach Überwindung des ersten Ärgers am Weihnachtsabend selbst – wenigstens zeitweilig noch in der Vorstellung wiegen durfte, mich meines Weihnachtsgeschenks freuen zu können. Dies hatte seinen Grund in Folgendem. Es war schon Jahr und Tag, dass ich, modern zu sprechen, auf nichts Geringeres als auf eine Armeeorganisation hinarbeitete. Dublierung meiner Streitkräfte wäre mir natürlich das Liebste gewesen, da sich das aber verbot, so war ich auf Neubewaffnung und mithilfe dieser auf eine neue Taktik, überhaupt auf ein neues Heer- und Kriegssystem aus. Der bis dahin in meiner ausschließlich mit Speer oder Lanze bewaffneten Truppe vorherrschende Gedanke war, weil ich eine heilige Scheu vor ausgestoßenen Augen hatte, durchaus auf Defensive gerichtet gewesen und hatte von Anfang an zu der Weisung geführt, in kritischen Momenten immer nur, mit Rücken an Rücken, die Speere vorzustrecken, also das zu bilden, was in der Landsknechtszeit ein Igel genannt wurde. Danach war denn auch jederzeit verfahren worden. Aber jetzt, wo die zwei Korbsäbel da waren, war es mir klar, dass es mit dem alten System vorbei sein müsse. Das beständige Stillstehen und Abwarten des feindlichen Angriffs war langweilig und unmännlich zugleich. Und so wurde denn beschlossen, bei der gesamten Truppe statt des Speeres den ganz auf Attacke gestellten Korbsäbel und statt des unbequemen, hohen, viereckigen Schildes einen kleinen Rundschild einzuführen, nur gerade groß genug, das Gesicht zu decken. Es glückte das auch alles. Die Beschaffung der Säbel wurde mithilfe verschiedentlich erneuten Vorgehens gegen die mütterliche Wirtschaftskasse durchgesetzt, und die Herstellung der Rundschilde war meine Sache. Lange bevor Ostern da war, war, was Bewaffnung angeht, der Übergang aus dem einen System ins andere bewerkstelligt. Ich versprach mir viel davon, und der Umstand, dass die jeden Mittwoch- und Sonnabendnachmittag nach wie vor von uns bezogenen „Campements" ohne Störung oder Angriff vonseiten unserer Feinde – trotzdem sich etliche große, halbwachsene Jungen mit schottischen Mützen unter ihnen gezeigt hatten – verstrichen waren, bestärkte mich darin, dass wir angefangen hätten, der uns feindlichen Straßenjungenwelt zu imponieren. Eine Weile blieb ich auch noch in dieser Täuschung. Aber, wie schon angedeutet, auch wirklich nur eine kleine Weile.

Aus: „Meine Kinderjahre"

Christnacht

Auf dem weiß gedeckten Tische
Prangt der grüne Weihnachtsbaum,
Trägt im buntesten Gemische
Kerzen, Gold- und Silberschaum.

Vor dem Tische steht ein Knabe,
Blickt die Schätze hastig an,
Ob vielleicht die Weihnachtsgabe
Ihm das Herz erfreuen kann.

Aber nichts will ihm gefallen,
Selbst das Schönste dünkt ihm Tand,
Und er weint, weil an dem allen
Nicht sein Herz Befriedgung fand.

„Mutter, einzig gute Mutter,
Sieh mich nicht so traurig an,
Will ja länger nicht mehr weinen,
Hat es dir doch wehgetan.

Ach, du fragst: ‚Woher die Tränen?‘
Alles, alles, was mich quält,
Ist, dass mich ein heißes Sehnen
Nach – ich weiß nicht was – beseelt.“

Auf der weiß beschneiten Erde
Steht an eines Friedhofs Saum
Eine Fichte, wunderprächtig,
Wie ein riesger Weihnachtsbaum.

Tausend helle Kerzen flimmern
Über ihm am Himmelsraum,
Und des blassen Mondes Schimmern
Ist des Christbaums Silberschaum.

An der Fichte, vor dem Grabe
Seiner Braut, das sie bewacht,
Kniet nach manchem Jahr der Knabe
Wieder, in der Christesnacht.

„Gott der Liebe, hier am Grabe
Hast du endlich dich bewährt,
Hast als schönste Weihnachtsgabe
Endlich Tränen mir beschert;

Mir, dem du so viel genommen,
Dem so alles, alles fehlt,
Dass ihn, wenn die Tränen kommen,
Heißer Dank dafür beseelt."

Der Baumkuchen stellte dem Ganzen das Horoskop

Festvorbereitungen im Elternhaus

Etwa um eben diese Zeit begann auch das gesellschaftliche Leben, und zwar in Gestalt einer Reihe von Woche zu Woche wiederkehrender Gastereien. Über diese Gastmähler, unter denen manches insoweit dem des Belsazar glich, als eine Geisterhand schon den Bankrott des Gastgebers an die Wand schrieb, habe ich in ihrer Totalität nur immer berichten hören, was aber von diesen mal kleineren, mal größeren Gesellschaften auf speziell unser Haus entfiel, das habe ich mit Augen gesehen, und davon will ich in Nachstehendem erzählen. Waren wir an der Reihe, so bemächtigte sich des ganzen Hauses eine feierliche Stimmung, die mit der Stimmung bei Hochzeiten eine gewisse Ähnlichkeit hatte, wie denn auch die bekannte Dreiteilung von Polterabend, Hochzeit und Lendemain in der Gestalt von Vorbereitungstag, eigentlichem Festtag und Resteressen wiederkehrte. Welchem dieser drei Tage der Preis gebührte, mag unentschieden bleiben, doch glaube ich fast, dass mir der erste Tag der Liebste war. Er verlief zwar unmateriell und entsagungsreich, hatte dafür aber die Vorahnung kommender Herrlichkeiten.

An diesem Vorbereitungstage erschien, wie in allen anderen Häusern, so auch bei uns die Witwe Gaster, eine renommierte Kochfrau. Sie vereinigte Behagen und Würdigkeit in ihrer Erscheinung und wurde, dieser letzteren Eigenschaft entsprechend, mit Respekt und unbedingtem Vertrauen behandelt. Sie lebte, bei begreiflicher Abneigung gegen alles das (besonders Süßigkeiten), was sie tagaus, tagein zu produzieren hatte, beinah ausschließlich von Rotwein und entlehnte das Wenige, was sie nebenher noch an Nahrung brauchte, dem beständigen Fettwrasen, in dem sie stand. Ihr Eintritt in unser Haus war für mich gleichbedeutend mit Postofassen in Nähe der Küche, wo nun alles,

was sich vollzog, von mir beobachtet, beziehungsweise bewundert wurde. Den Anfang machte immer die Herstellung eines Baumkuchens. Als die Gaster, die darüber Buch führte, den Tausendsten fertig hatte, gaben ihr die Swinemünder Hausfrauen ein wohlverdientes Fest. Es gibt auch heute noch Baumkuchen, gewiss; aber die jetzigen sind Entartungen, schwächliche, schwammartige Bleichenwangs, während die damaligen eine glückliche Festigkeit hatten, die sich, an den gelungensten Exemplaren, bis zur Knusprigkeit steigerte, begleitet von einer vom dunkelsten Ocker bis zum hellsten Gelb reichenden Farbenskala. Ich war immer glücklich, dem Werdeprozess solches Baumkuchens zusehen zu können. Auf einem riesigen Herde befand sich, nach der Wand hin, ein aus Ziegelsteinen aufgemauertes, niedriges Halbgewölbe, das, nach oben zu dachartig vorspringend, nach unten zu schräg zurücktrat. An dieser zurücktretenden Stelle zog sich ein wohl 4 Fuß langes schmales Kohlenfeuer hin, an das nun zwei kleine Eisenständer mit aufgelegtem Bratspieß und Drehvorrichtung herangerückt wurden. Der auf diesen Ständern ruhende Spieß aber gab sich nicht einfach als solcher, vielmehr war ihm ein seiner ganzen Länge nach ausgehöhlter und nach außen hin mit gefettetem Papier überzogener Holzkegel aufgeschoben, der bestimmt war, die Seele des herzustellenden Baumkuchens zu bilden. Und nun, mithilfe eines an einem langen Stocke steckenden Blechlöffels, begann das Aufgießen eines dünnflüssigen, anfangs immer wieder herabtröpfelnden Teiges, sodass das eingeschlagene Verfahren eine ganze Zeit lang wie vergeblich erschien. Von dem Augenblick an aber, wo die Teigflüssigkeit konsistenter und das Abtropfen langsamer wurde, regten sich auch die Hoffnungen wieder, und ehe ein paar Stunden um waren, konnte der prachtvoll gebräunte, zugleich zackenreiche Baumkuchen von dem Holzkegel heruntergenommen werden. Alles dabei war von symbolischer Bedeutung. An das volle Gelingen dieses Pracht- und Schaustücks knüpfte sich das Vertrauen auf das Gelingen des Festes überhaupt. Der Baumkuchen stellte dem Ganzen das Horoskop.

Über die Küchentätigkeit des eigentlichen Gesellschaftstages geh ich hier hinweg und führe stattdessen lieber das Fest selbst herauf. Es wurde dann – ein anderer Raum stand nicht zur Verfügung – ein langer Ausziehtisch in den Salon meiner Mutter geschafft, und alsbald zog sich an dem gelben Moiresofa mit den 500 Silbernägeln entlang die wohlgedeckte Tafel hin. Erst wenn die Lichter brannten, schritt man zu Tische. Der der Tafel Präsidierende kehrte dem großen Spiegel aus der Schinkelzeit jedes Mal den Rücken zu, während alle anderen Gäste sich in dem Spiegelglase mehr oder weniger bequem betrachten konnten.

Meiner Erinnerung nach waren es immer Herrendiners, 12 oder 14 Personen, und nur gelegentlich erschien auch wohl meine Mutter mit bei Tisch, meist begleitet von ihrer, auch zur Winterzeit, oft monatelang auf Besuch bei uns weilenden, damals noch sehr jungen und hübschen Schwester. Diese Letztere passend zu platzieren, erwies sich immer als besonders schwierig, und nur wenn der alte von Flemming und Hofrat Dr. Kind zugegen waren, war einigermaßen Sicherheit vor extremen Huldigungen gewährleistet. Sich vor solchen Huldigungen zu schützen, entzog sich beinahe der Möglichkeit. Man respektierte vielleicht Tugend, wiewohl mir auch das noch zweifelhaft ist, aber Tugendallüren waren abgeschmackt, und wo lag immer die Grenze zwischen Sein und Schein. Dass sich die Damen gegen Ende der Tafel zurückzogen und nur noch auf eine kurze Viertelstunde wieder erschienen, um beim Kaffee die Honneurs zu machen, versteht sich von selbst. Ich habe weiter oben von der Kochkunst der guten Frau Gaster gesprochen, aber, dieser Kochkunst unerachtet, war die Bewirtung eigentlich einfach, namentlich gemessen an dem Raffinement, das jetzt bei Gastmählern vorherrscht. Einfach, sage ich, und dabei stabil. Keiner wollte zurückbleiben, aber auch nicht über den andern hinausgehen. Auf die Suppe folgte ein Fisch, dann (feststehend) Teltower Rübchen und Spickgans, dann ein ungeheurer Braten und zum Schluss eine süße Speise samt Früchten, Pfefferkuchen und Königsberger Marzipan. Eine fast noch größere Einfachheit herrschte hinsichtlich der Weine; nach der Suppe wurde Sherry gereicht, dann aber trat ein Rotwein von mäßigem Preis und mäßiger Güte seine Herrschaft an und hielt sich bis zum Kaffee. Das Besondere, das diese Festlichkeiten hatten, lag also nicht im Materiellen, sondern, sonderbar zu sagen, in einem gewissen geistigen Element, in dem Ton, der herrschte.

Aus: „Meine Kinderjahre“

Es gab Eierpunsch und Waffeln

Mit Piekstange und Brett von Scholle zu Scholle

Zwei Jahre später, Anfang Januar 32, hatten wir wieder ein am Strom spielendes Ereignis. Aber diesmal war es keine Sturmflut, sondern ein kleines Eisabenteuer. Die Tage nach Weihnachten waren ungewöhnlich milde gewesen, und das Eis, das schon Anfang Dezember das Haff überdeckt hatte, hatte sich wieder gelöst und trieb in großen Schollen, die übrigens den Bootverkehr nach der Insel Wollin hinüber nicht hinderten, flussabwärts dem Meere zu. Silvester war wie herkömmlich gefeiert worden, und für den zweiten Januar stand ein neues Vergnügen in Sicht, von dem ich mir ganz besonders viel versprach: Mein Freund Wilhelm Krause, der schon als Schüler und Pensionär des bekannten Direktors v. Klöden die Gewerbeschule besuchte, musste am 3. Januar wieder in Berlin sein, und seitens seines Vaters, des Kommerzienrats, war mit einigen Freunden verabredet worden, dem liebenswürdigen Jungen bis nach dem jenseitigen Ufer hinüber, von wo dann die Fahrpost ging, das Geleit zu geben. In einem sichren Eisboote wollte man, zwischen den Schollen hindurch, die Partie machen, alles in allem 8 Personen: erst zwei Bootsleute, dann der Kommerzienrat und sein Sohn, dann Konsul Thompson und Sohn und schließlich mein Vater und ich. Ich freute mich ganz ungeheuer darauf. Einmal, weil es was Apartes war, und nicht minder, weil eine glänzende Verpflegung in Aussicht stand. Es verlautete nämlich, dass drüben im Fährhause gefrühstückt und wir drei Jungens mit Eierpunsch und holländischen Waffeln regaliert werden sollten. Ich nahm mir vor, weil mir dies männlicher erschien, mich ausschließlich an den Eierpunsch zu halten, blieb aber später nicht auf der Höhe dieses Entschlusses. Um 9 sollte das Boot von „Krausens Klapp“ abgehen. Wir waren auch alle pünktlich da, nur das Boot nicht, und als wir eine Weile gewartet, erfuhren wir, wovon uns übrigens der Augenschein bereits überzeugt hatte, dass der über Nacht eingetretene starke Frost die Schollen zum Stehen gebracht und die kleinen Wasserläufe dazwischen mit Eis überdeckt habe. Das hätte nun nichts auf sich gehabt, im Gegenteil, wenn nur die Eisdecke um einen Zoll dicker gewesen wäre; sie war aber sehr dünn, und so standen wir vor der Erwägung, ob ein Überschreiten des Flusses überhaupt möglich sei. Der Kommerzienrat, dem daran lag, keine Schulversäumnis eintreten zu lassen, war entschieden für das kleine Wagnis, und als die in langen Pelzjacken dastehenden Bootsleute dies erst sahen, meinten sie sofort auch ihrerseits, es werde schon gehen, und wenn was passiere, so wäre es auch so schlimm nicht … ein bisschen nasskalt … „Ja, Kinder“, sagte Thompson, „wie denkt ihr euch das eigentlich? Das heißt doch so viel wie reinfallen, und da hat man seinen Schlag weg, man weiß nicht wie. Oder die Eisscholle schneidet einem den Kopf ab.“ „Ih, Herr Konsul, so schlimm wird es ja woll nich kommen.“

„Ja, so schlimm wird es ja woll nich kommen... das klingt ganz gut, aber daraus kann ich mir keinen Trost nehmen. Oskar …“, und dabei nahm er seinen Jungen bei der Schulter, „wir zwei bleiben hier; Onkel Krause ist ein Windhund, der kann es riskieren. Und du, Bruder, wie steht es mit dir?“

Diese Schlussworte richteten sich an meinen Vater, der ohne Weiteres erklärte, Thompson habe recht. In diesem Augenblick aber traf ihn ein so wehmütiger Blick aus meinen Augen, dass er ins Lachen kam und hinzusetzte: „Nun gut, wenn der Kommerzienrat dich mitnehmen will, meinetwegen … ich bin der Schwerste von euch allen … und von Verpflichtung kann keine Rede sein, eher das Gegenteil …“ Und bei diesem Entscheide blieb es. Einer der Bootsleute, mit einem 8 oder 10 Fuß langen Brett auf der Schulter und einem Tau um den Leib, ging vorauf, an dem nachschleifenden Tauende aber hielt sich der Kommerzienrat mit der Linken, während er seinen Jungen an der andern Hand führte; gleich dahinter folgte der zweite Bootsmann, ähnlich ausgerüstet, aber statt des Taus mit einer Eispieke, dran ich mich hielt. So ging es los. Es war zauberhaft und wohl eigentlich nicht sehr gefährlich. Die beiden Bootsleute waren immer vorauf und erfüllten mich mit dem angenehmen Gefühl, „wenn die überfrorne Stelle den Bootsmann getragen hat, dich trägt sie gewiss." Und das war richtig. Freilich kamen Stellen, wo der Strom so stark ging, dass nicht einmal Schülbereis das Wasser bedeckte, aber solche freie Strömung war immer nur zwischen zwei verhältnismäßig nahe liegenden Eisschollen, sodass das Brett, das der Bootsmann trug, vollkommen ausreichte, einen Übergang von einer Scholle zur anderen zu schaffen. War er drüben, so reichte er mir die lange Piekenstange oder richtiger hielt die Stange so, dass sie mir als ein Geländer diente. Kurzum, ich empfand nur so viel von Gefahr, wie nötig war, um den ganzen Vorgang auf seine höchste Genusshöhe zu heben, und als ich, nach dem Frühstück drüben, wieder glücklich zurück war, betrat ich das Bollwerk wie ein junger Sieger und schritt in gehobener Stimmung auf unser Haus zu, wo meine Mutter, die von einem sehr erregten Gespräch zu kommen schien, schon im Flur stand und mich erwartete. Sie küsste mich mit besonderer Zärtlichkeit, dabei immer vorwurfsvoll nach dem Vater hinübersehend, und fragte mich, ob ich noch etwas wolle.

„Nein", sagte ich, „es gab Eierpunsch und Waffeln, und ich wollte auch welche für die Geschwister mitbringen; aber mit einem Male gab es keine mehr." „Ich weiß schon. Du bist deines Vaters Sohn." „Da hat er ganz gut gewählt", sagte mein Vater. „Meinst du das wirklich, Louis?" „Nicht so ganz. Es war nur eine façon de parler." „Wie immer."

Aus: „Meine Kinderjahre"

Noch einmal ein Weihnachtsfest

Noch einmal ein Weihnachtsfest,
Immer kleiner wird der Rest,
Aber nehm' ich so die Summe,
Alles Grade, alles Krumme,
Alles Falsche, alles Rechte,
Alles Gute, alles Schlechte –
Rechnet sich aus all dem Braus
Doch ein richtig Leben raus.
Und dies können ist das Beste
Wohl bei diesem Weihnachtsfeste.

Theodor Fontane an seinem Schreibtisch, 1857

Nachwort

Theodor Fontane (1819–1898) wurde in Neu-Ruppin geboren und erlernte den Beruf des Apothekers. Nach Ausübung des Berufes an verschiedenen Orten entschloss er sich 1849, sich ganz dem Schreiben zu widmen, zunächst als Journalist für verschiedene Zeitungen. Dann ging er als Presseberichterstatter aus Berlin für mehrere Jahre nach England. Hier war es seine Aufgabe, Presseberichte zur preußischen Außenpolitik zu schreiben und diese in deutschen und englischen Zeitungen zu platzieren. Gleichzeitig verfasste er umfangreiche Reiseberichte über England und Schottland. Wieder zu seiner Familie nach Berlin zurückgekehrt entstehen „Die Wanderungen durch die Mark-Brandenburg“ und verschiedene, auch heute noch viel gelesene Romane.

Als Reiseschriftsteller nahm Fontane Berlin und Preußen aus einem ganz eigenen Blickwinkel wahr und skizzierte das politische Leben ebenso wie den Alltag in Berlin. Anders als sein Zeitgenosse Theodor Storm in Husum hat er einen weltmännischen Blick auf die Zeit. Daneben gibt er dem Leser mit dem Alterswerk „Meine Kinderjahre“ Einblicke in das bürgerliche Leben auf dem Land: in Swinemünde und an der Ostseeküste.

So beginnt und schließt die Auswahl der Texte ganz bewusst mit Ausschnitten aus den Kindheitserinnerungen mit dem Schlachten und Backen vor Weihnachten in seinem Elternhaus, den Gerüchen und Geräuschen dieser überschaubaren Welt. Ein anderes Bild finden Erlebnisse aus seinen Jahren in London. Hier beschreibt Fontane die Vorweihnachtszeit aus dem Blickwinkel eines Beobachters, der selbst nicht Teil haben kann, da seine Familie weit entfernt ohne den Vater feiern muss.

Ganz anders dagegen die fein gezeichneten Sittenbilder, die Fontane in seinen Romanen zeichnet: Weihnachten, ein Fest, das überall seine Schatten vorauswirft, je nach wirtschaftlichem Hintergrund mit mal großer Festgesellschaft im Hause Innstetten im Roman „Effi Briest“ oder wie bei Hoppenmarieken mit den Vorbereitungen einer einzigen Weihnachtsmahlzeit im Roman „Vor dem Sturm“.

Obwohl Theodor Fontane einer der bedeutendsten Dichter seiner Zeit war, stellt sich der wirtschaftliche Erfolg erst in späten Jahren ein. So ist auch das persönliche Weihnachtsfest geprägt von Sparsamkeit und Verzicht. Gedichte als Zugabe zu den kleinen Gaben an seine Frau Emelie beweisen das aufs Rührendste. Ja sogar die Lübecker Marzipankiste, die ihm sein Verleger zugedacht hatte, wird aus der Not heraus als nachträgliches Weihnachtsgeschenk nach England geschickt.

Inhaltsverzeichnis